新潮文庫

君と過ごした嘘つきの秋

水生大海著

〈目次〉

〈登場人物紹介〉

宙太《そらた》

クールで頭脳派。風見高校では5人のなかで1人だけ国際理学科に進学。鋭い観察力を持つため、事件に関わるたび探偵役を任される。

ユカリ

文芸部に所属。教育実習生・久遠寺絢子の小説を見つけ出し、大いに盛り上がる。

友樹《ともき》

生来のお調子者。憧れの美少女・篠島毬に近づくため、映画制作にも励むのだが。

響《ひびき》

小学5年で遭遇した事件がトラウマだったが、高校で4人に再会し、ようやく明るさを取り戻した。

紀衣《きい》

水泳部の活動にも熱心で、メンバーでは姉御的存在。友樹とは家も近く、見張り役。

君と過ごした嘘つきの秋

Our Lies in the Fall

プロローグ

「バラバラ死体？」

教室にその話がもたらされたのは、二時限目と三時限目の間の休みだった。ばか言うなよ。たしかに先生たちのようすはおかしかったけど、そこまでじゃなかったぞ。だいたい死体なんてものが校内にあったら、大騒ぎしてみんな逃げ出すはずだ。なによりも今朝、このオレが目撃したんだから。

月曜日は、みんなだるそうにのろのろと歩いているものだ。

ところが今日は、風見《かざみ》高校の門をくぐったときからなにかが違っていた。なにがどうかは、うまく説明できない。空気が異なっているというか、巧《うま》い表現が思いつかない。なんて言うと、小学校からの、いや、赤ん坊のときからの腐れ縁の汐見紀衣《しおみきい》から、友《とも》樹《き》にはもともと文学的なセンスなんてないでしょ、なにが巧い表現よ、ってバカにされそうだけど、そんなことはない。

九月もやっと半ばで、残暑は厳しく、心地よい眠りはまだ遠い。それでも日常を刻む時間に従って、みな無意識のまま学校へと足を運んでいた。あたりには思い出したように生ぬるい風が吹き、週明けのだらけた雰囲気に拍車をかけている。だが今朝はその風に緊張が混じり……、面倒くさくなってきたから通常モードに戻すが、とにかく、どこかピリピリしていたんだ。

グラウンドでは陸上部と野球部がいつものように朝練のランニング、のはずだ。しかし彼らはその足を止めて、校舎の方向に目をやっている。

「あ！」

目の前を歩いていた女子が、空に向けて指をさす。

一般教室棟の屋上に人がいた。遠くて見えづらいが、あれは国語科を担当する富永《とみなが》だ。文芸部の顧問でもある。長身に眼鏡をかけていてまあまあ整った顔なもんだから、真面目《まじめ》くさった暗いヤツのくせして一部の女子に人気があり……と、その話は今は関係ないか。

ふいに富永の姿が消えた。驚く声があちこちで聞こえたが、奥のほうにいって死角に入ったんだろう。落ちたわけじゃない。

と。目の前の昇降口から、小田桐《おだぎり》が走って出てきた。彼女はオレのいる一年五組の担任だ。

声をかけようとしたけれど、綺麗《きれい》な顔がせっぱつまっていて、訊《たず》ねてこないでと言っているようだった。

小田桐は、管理棟と、そのすぐ前にある南側自転車置き場の間を進んでいく。

気になったオレは、小田桐を追いかけて走った。同じようなヤツらがやってくる。小田桐は管理棟を右側に曲がった。

風高《かぜこう》の校舎は、南から管理棟、一般教室棟、特別教室棟、と並んでいる。校舎の奥、西側の狭い敷地にあるのは倉庫と花壇だ。管理棟の脇《わき》に倉庫があり、一般教室棟と特別教室棟の脇に花壇という日照をやや無視したつくりになっているのは、自転車置き場を増やした際に花壇を移転させたからだそうだ。園芸部の力のなさがよくわかる。

オレが管理棟をかすめて倉庫を回り込もうとしたら、角に別の先生が立っていた。二年生を担当している人だ。名前は覚えていない。

「授業が始まるぞ。早く教室に行きなさい」

制止するように立つ先生の向こう側、花壇の上にブルーシートがかけられているのが見えた。他にも何人かの先生が、シートの周りを取り囲んでいる。

「なにがあったんですか？」

「なんでもない。戻りなさい」

だけど、と、戻りなさい、が何度も繰り返され、オレたちは追いやられた。

それでも後から後から人は集まってきた。自転車を引いたままの生徒もいる。それぞれが勝手な予想を口にする。

あのシートの下にあるのはなんだろう？　人間？　飛び降り？　だったら警察がやってくるだろう。先生たちももっと怖い顔をしているはずだ。

やがて教頭までやってきて、再度、オレたちに教室に向かうように言った。もうすぐ予鈴が鳴るぞと。

不満を口にしながらも、オレたちは昇降口へと向かう。

警察のサイレンはまだ鳴らない。

第一章　発端

――ことのはじまり――

1
友樹《ともき》

警察のサイレンは、一時限目が終わっても鳴らなかった。

そして二時限目と三時限目の間の休みに、バラバラ死体の話がクラスにもたらされたのだ。

「いやいや。オレ、今朝、見たんだから。そこまでは緊迫してなかったぞ。そりゃあ、小田桐《おだぎり》はじめ、先生たちは花壇のところに集まってた。だから朝のショートホームルームも絢子《あやこ》先生がやったんだし」

絢子先生――久遠寺《くおんじ》絢子というのはうちのクラスの教育実習生だ。彼女のことは、また後で紹介しよう。ともかく今はバラバラ死体だ。

クラスのみんなは現実味が薄いのだろう、バラバラ死体と言われてもピンときていない。それ何曜日のドラマの話？　って反応だ。

冷静なるオレの返事に、情報を持ってきたヤツが残念そうに舌打ちをした。

「ちぇ、騙《だま》されないか。たしかにホントだったら、僕らも帰されてるか、逆に事情聴取が終わるまで学校から出られなくなるよな。でも、バラバラ死体ってのは僕が言ったんじゃないよ。一組の教生が四組の教生と話してたのをトイレで聞いたんだ。骨格標本が飛び散ってて、これこそが本物のバラバラ死体だって噂《うわさ》してた」

「骨格標本？」

「なーんだ。そりゃまあ、死んではいるよな」

「って、生物室の？」

何人もがヤツを見つめる。バラバラ死体よりリアルなところに話が下りてきたからだ。

「多分な。どこかから投げられたようすだったってさ。ほら、一組側って、廊下のどんづまりに窓があるだろ？　一階だと花壇まで距離があって届かないから、二階の一年生か、三階の二年生がやったんじゃないかって先生たちは言っているらしい。で、一組の教生が、だったら自分のクラスの生徒が犯人候補かよって、話していたわけ」

骨格標本がとことこ歩いていって飛び降りるはずがない。当然、落とした人間がいる。一組の子って誰か知ってる？　いたずら？　嫌がらせ？　ストレスじゃねえか。だとしたら三年生のほうが怪しそう。受験も近くなってきたし。なんて話が盛り上がる。

風高では、どの学年も、校舎の西から順番に一組、二組……と教室が割り振られている。一組が一番花壇に近いわけだ。そして学年ごとに階が違い、一年生は二階、二年生は三階を使っている。一年生が真ん中の二階なのは、周囲のサポートを受けやすいようにという学校側の配慮だ。

では三年生はなぜ一階なのかというと、窓からジャンプしても打撲程度だろうから、という噂だ。……笑えねえ。

でももっと笑えない「あること」が、オレの頭にひっかかっていた。

富永《とみなが》が屋上にいたのは、あたりを調べるためだろう。二階や三階ではなく、屋上から骨格標本が投げられた可能性もある、ということだ。

昨日、オレたちは屋上にいた。普段は鍵《かぎ》がかけられている屋上に。

そして、骨格標本といえば――

オレは斉藤航一《さいとうこういち》に目をやった。

斉藤は一年生にして映研――映画研究部の部長をしている。前部長の三年生が六月の文化祭のタイミングで引退し、間の二年生がいなかったからだ。ヤツとは文化祭の絡《から》みでいろいろあった。今もあるにはあるのだが、とりあえず協力体制を敷いている。

斉藤の顔が蒼《あお》ざめていた。

「なあ、もしかしたらさ……」

オレは斉藤に話しかけた。斉藤が小声で返す。

「後で見てくる」

チャイムが鳴って、授業が始まった。オレも斉藤も、教科書は見ているものの、心ここにあらずだ。

三時限目の終了とともに、斉藤が走り出した。オレもついていく。

特別教室棟の東側にあるクラブハウス、映研の部室はここにある。文化系の部は、特別教室棟の中の部活動に関連する教室を使うことが多いが、映研はこの棟に部屋を与えられていた。

斉藤が、扉に鍵を差し込む。

「あれ？　鍵はいつ借りてきたんだ？」

「赤池《あかいけ》は忙しいから捕まらないことが多いんだ。僕が預かっている」

映研の顧問の赤池は、三年生の担任で進路指導の主任だ。

部屋は雑多な品物で溢《あふ》れて混沌《こんとん》の極みだ。道路工事のお知らせにつまずきながらもロッカーの前へと寄った。扉が七つ並んでいる。

「どれだっけ」

これだ、と斉藤がひとつの扉に手をかけた。勢い込んで開ける。

からっぽだ。

「ああ――っ……」

斉藤が顔を覆《おお》い、へたりこんだ。

オレも知っていた。

金曜日、ロッカーの中にはたしかに骨格標本が入っていたことを。

「やばいことになったなあ」

先生に報告しないと、と斉藤がよろよろと立ち上がった。背中に哀愁が漂っている。

いや、他人事《ひとごと》じゃない。

オレも、オレたちもやばいんだ。

昨日、映画の撮影のために屋上にいたメンバーは、みな容疑者になるだろう。

どうしてこんなことになったのか。それを説明するには、二学期の始業式まで遡《さかのぼ》らないといけない。

2

紀衣《きい》

二学期の始まり、イコール、夏休みの終わり、だよね。

でも、そんな感慨はなかった。あたしが所属する水泳部は夏が勝負とあって、毎日毎日練習だ。そのうえ、お盆明けからは補習もあって、どこが通常の学期と違うのかさっぱりわからない。もちろん補習に参加するかどうかは本人の意志による、——名目上はね。だけど席はほとんど埋まっていた。そしてなし崩しのように二学期が始まる。

「せっかく受験から解放されたばっかなのに。あーあ、短い夏休みだったな」

絶対に文句をつけると思った鷹端《たかばた》友樹が、予想通りのセリフで叫ぶ。あたしもまた当然の展開とばかりに、彼の頭をはたいた。

「甘い！　ただでさえ一ヵ月もブランクがあるくせに」

「もう取り戻したろ。だからこそ高校生活を楽しもうとだな」

友樹は入学早々交通事故に遭って入院し、ＧＷ明けに復帰した。でも充分、楽しんでいたよねえ。

「楽しむのは友樹の自由。でも後になにが待っているかを考えるべき。三年生は、今日、センター試験出願の説明会だって。再来週の日曜も模試らしいよ」

土門《つちかど》ユカリが冷酷に現実を突き付けてきた。さらに続ける。

「大学入試もまた、就きたい仕事に向けての関門のひとつ。で、そこから遡っての、文理アンケートってことでしょ？」

風見高校は単位制を採っている。二年生になったら、進路に応じた授業を自分で選択することになる。つまり一年生のうちに文系にいくか理系にいくか決めなきゃいけないってわけ。友樹を哂《わら》ってなんていられない。自分もちゃんと考えなきゃ。考えなきゃ……いけないんだけど、わからない。

今朝教室に入ったら、二学期の予定が黒板に書かれていた。詳細は学校の公式サイトでも見られるけど、大学の先生を招いての特別講座なんてのもあって、一学期より真面《ま じ》目《め》で堅苦しい印象だ。

そんなあたしたちが真っ先に気になったのが、文理選択のアンケートだ。二学期半ばに提出して順次面談を受ける。選択の参考になるように、ＯＢのアドバイスや大学訪問の機会も途中途中で設けられている。特別講座もそのひとつ。

「難しいー。だってこの先ずっとのことだよ。見当もつかない」

椋本響《むくもとひびき》が天を仰いだ。

友樹とは親同士が友だちで赤ちゃんのとき、ううん、お母さんのお腹《なか》の中にいるときからの幼なじみ。ユカリは小学校からの友人。でも響だけはちょっと違っていて、小学五年生の校外学習で知り合った。そのときちょっとした――友樹が言うところの冒険があって、高校に入って再会。あたしたち四人は同じクラスになった。それから文化祭までに、なおもあれこれあったけど、今はいい感じのグループだ。

「同じく難問難題頭痛い。ユカリはいいよね。文系一択でしょう？」

あたしは響にそう応じ、ユカリを見やった。ユカリは文芸部に所属していて、小説を書く。

「一応、だけどね」

「宙太《そらた》くんも悩んでなさそう」

響が言う。七組にいる南雲《なぐも》宙太も、小学校からの友人だ。

「当然だろ。国際理学科なんだし」

友樹の答えに、ずっこけそうになる。

「友樹、誤解してない？　たしかに国際理学科は文科省のスーパーサイエンスハイスクールの指定校採択でできた学科だし、理系に興味のある子が多いけど、基本は難関校受験向け。文系の先輩もいっぱいいる。国際、インターナショナル、って、そっち系の名前もついてるでしょ」

「そうなのか？」

「え。友樹くん、いまごろ？」

響も驚いて目を瞠《みは》っている。

「オレ、最初から眼中にねえもん」

「……友樹の場合、目標にするには高すぎて視野に入れることができなかった、でしょう？」

ユカリが苦笑した。

この場にいない宙太は、バリバリの理系志向だ。風高は六組までが普通科で、七組と八組が国際理学科となっている。

始業式を行うので講堂に集合するようにと、教室の前方に設置されたスピーカーが告げた。次々に席を立つ音がする。

「く、久遠寺絢子と申します。早銘《そうめい》大学経済学部三年生です。こ、これから三週間ではありますが、精いっぱいやっていきます。みなさまどうぞよろしくお付き合いくださ い」

教卓のそばで頭を下げた女性は、スーツ姿で黒縁の眼鏡をかけていた。ひとつに束ねて横に垂らした髪をぶんと振り、また前を向く。笑顔がひきつっていた。始業式で紹介された教育実習生のひとりだ。

「そういうわけで久遠寺先生には、ホームルームの時間とわたしの数学の授業に来てもらいます。じゃあ、連絡事項の残りね。夏休み中の――」

担任の小田桐はまだ話していたけれど、教室はそわそわと浮つく。机の下に隠したケータイを指でいじっている子もいる。

どこに立っていいかわからないといったようすで、久遠寺絢子は一歩また一歩と小田桐から離れていった。この気温なのにスーツの上まで着て、すごく暑そう。額にも汗が浮いて、緊張MAXって感じ。上げた口角がすっかり固まって、動かすとパリパリ音がしそうだ。

あたしのスカートのポケットで、ケータイが震えた。そっと出す。友樹の名前を載せたメッセージアプリの通知が、液晶画面に浮かんでいた。

――地味だ。五組にも教生が来るというから期待してたのに。やはりオレのココロは小田桐LOVEだ！

あいかわらず、と苦笑した。入学当初、美人でスタイルのいい小田桐は男子に人気があった。いろいろあって、今はそれほどでもないけれど。友樹もまた夢中になり、その後いったん熱が冷めたが、また復活したようだ。とはいえ以前よりはトーンダウンしていて、とりあえず誰か推しメンを決めておかなきゃ、って程度みたい。

「ちょっとみんな。ちゃんと話を聞こうよ。今の風高生がこんなレベルだと思われたら恥ずかしいよ！」

突然の声がした。

クラス委員の市場理子《いちばりこ》だ。太い眉《まゆ》をきりっと上げ、姿勢よく立つ。

と、こちらを見てひとこと。

「汐見《しおみ》さん、ケータイ」

ひゃあ怖い怖い。でもこれは、あたしも悪い。ごめんなさいと頭を下げる。

そうね、と小田桐がうなずく。

「久遠寺先生は風高の卒業生です。他の教育実習生もほとんどがそう。みんなのなかにも将来、教師になりたいって人がいるかもね。そのためには、今日来た先生たちと同じように、母校や大学の付属校で実習をしなきゃいけないの。自分がされたらイヤなことはしないでね。じゃあ続きを」

小田桐が話を進めようとしたら、市場が再び発言した。

「久遠寺先生は暑そうです。上着を脱いでもらってもいいんじゃないでしょうか」

「あ、あらそうね。気づかなくてごめんなさい、久遠寺先生。ありがとう、市場さん」

小田桐の勧めを受け、上着の袖《そで》を抜こうとしたものの、どこかにひっかかったのかあたふたしている。押し殺したような笑い声が、教室に広がる。

短い夏休みだったけど、大人っぽくなったり妙に疲れていたりと、さまざまな子がいた。けれど市場はあまり変わらないようだ。六月の文化祭の後に生徒会の役員選挙があって、市場は生徒会の書記も兼任することになった。背筋もいっそう伸びている。

チャイムが鳴った。臨時のホームルームも含めて、二学期のスタートにまつわるイベントはこれにて終了。休み時間のあとは、早速授業だ。

昼休み、いつものように図書室に消えていたユカリが、興奮したようすで教室に戻ってきた。

「なにかあったの？」

響が訊《たず》ねる。

響とは六月の文化祭以来、お弁当のテーブルを一緒に囲んでいる。主に運動部女子のグループだ。響も水泳部に誘ったけれど、迷っていると言われてそのままになっている。先に入部したあたしたちについていけるかどうかや、授業の進度が速いから勉強する時間がなくなるんじゃないかといった理由で、ためらっているようすだ。

と、それはともかく、ユカリだ。

「どうしよう、どうしようー。あー、もうどうしたら」

いつもはクールなユカリが身悶《みもだ》えている。

そのようすに、他の子たちが目を剝《む》いていた。ユカリはうろたえながらも、なぜか喜色満面。こんなユカリは滅多に見られない。

「うちの教生、久遠寺先生、超有名人だった。四時限目に思い出して、図書室で調べてきた」

「超有名人？　どんな？」

テニス部の子が問う。

「これ見て。ネットの記事。顧問の富永に許可を貰《もら》ってプリントアウトしてきた。富永は知ってたんだよ。本人は秘密じゃないって言ってたらしいから、いいみたい」

なになに？　とみんながユカリの出した紙を覗《のぞ》き込む。

清楚《せいそ》な印象の女性の顔写真と本、そして紹介文が載っていた。文壇注目の新人、久遠寺綺《あや》！　なんて太字で書かれている。記事の中の本にも、その名前が入っていた。

「えー？　この写真が久遠寺先生？」

「似てるけど……、眼鏡、描いていい？」

「え？　あ……、まあいいか、またプリントアウトすれば」

あたしの依頼に、ユカリが少し抵抗した。

「なくてもだいたいわかるよ。たしかにこれ、久遠寺先生だね。こんなに綺麗《きれい》な人だったんだ。もっとちゃんとお化粧すればいいのに」

テニス部の子が笑った。

「問題はそこじゃない！　この、新人賞を獲《と》った現役大学生作家ってとこ。写真にある『あとでのこと』がデビュー作。すごいよ。私たちのクラスの教育実習生が小説家なんだよ！」

「……う、うん、わかってるよ。すごい、ねえ」

ユカリの勢いに、テニス部の子が引いている。

「本、図書室に置いてあるの？」

響が問う。すぐさまユカリが答える。

「ある。私も持ってる！　図書室では卒業生とかまったく知らずに、セレクトした新刊の中にあったんだって。あー、挨拶《あいさつ》したとき、なんかひっかかったんだ。でも綺の字が違ったし、子もないし」

　板書されていた下の名前は、絢子だ。

　あたしは確認する。

「……ユカリ、四時限目が終わってから、ずっと調べてたの？」

「そう。富永をつかまえて、このことを喋《しゃべ》っていいかどうか許可とって。ねえ、紀衣、ホントもうどうしようー」

「ごはんは食べた？　昼休み終わるよ」

「あ」

　図書準備室に置いたままだと、ユカリが駆けていった。ユカリは普段、図書準備室でお弁当を食べている。

「びっくり」

　テニス部の子はまだ目を丸くしていた。

「うん、印象が変わっちゃった。久遠寺先生、すっごく緊張してて、大学三年生だから五つも年上なのに全然そんな風に見えなかったけど、この写真は大人っぽくてとても綺麗」

響がにこにこしながらうなずいている。

「そっちじゃなくて土門さん。人が違って見えたのは彼女のほうだよ。有名人有名人なんて言うからなにごとかと思った。あたし、本読む習慣ないから、正直わからないけど」

同感、と陸上部の子も追随する。

「驚くほど興奮してたよね。土門さんって意外とかわいいじゃん」

あたしは響と目配せを交わす。

もちろん。ユカリはけっこうかわいいのだ。


翌日にはもう、久遠寺先生が小説家だと、クラスの女子はみな知っていた。テニス部の子が広めたらしい。それほど興味がなさそうだったのにとあたしが呆《あき》れると、響は、ユカリの反応とは温度差があるけどニュースには違いないよと言った。たしかに、滅多にお目にかかれないプロフィールだ。

市場なんて、朝のショートホームルームで突然訊ねる始末だ。

「質問です。久遠寺先生は作家の久遠寺綺さんですか？　そういう噂が立っています」

場が湧《わ》いた。男子の中にはぽかんとしている子もいる。

聞かされていなかったのか、小田桐も驚いていた。

「……はい、…………そうです」

真っ赤な顔で、久遠寺先生が答え、またざわつく。

「ちょっと静かに。一時限目が始まるからその話は今度にしてください」

小田桐が場を締めて、久遠寺先生と共に教室を出て行った。

しかし今日の数学の授業は、ちょうど四時限目だ。終了のチャイムがなると、チャンスとばかりに何人かが久遠寺先生を取り囲んだ。小田桐が、実習生には昼休みに伝達事項があるからいったん帰りますと、マネージャーのようにその波を蹴散《けち》らす。

久遠寺先生が教室に戻ってきたのは、昼休みも半ばを過ぎたころだ。待ち構えていた数人が連行してきて、空いた席に座らせた。

「先生、どんな話書いてるの？」

「なんで国語科の先生じゃないの？」

「普段、誰の本読むの？」

「眼鏡外した方がいいよ、絶対」

それは余計なお世話では。

主に女子が取り囲んでいるが、男子も多少は気になるのか、微妙な距離を保ち、耳を傾けている。映研の斉藤に、友樹までいた。友だちを呼んできたのか噂が伝わったのか、他のクラスの子の姿も見かけた。

友樹は、ぽかんと口を開けて久遠寺先生を見ていた。なんだそのボケた顔。ケータイで撮影してやろうか。

……あれ？　違う。友樹が見ているのは久遠寺先生じゃない。

女子生徒の中、ひとり見慣れない顔がいた。

黒くまっすぐな長い髪、夏休みが終わったばかりなのに白い肌、ピンクの頬とピンクの唇で、微笑《ほほえ》みを浮かべている。かわいいし、細いし、小さい。

友樹の視線は、その子に注がれていた。

「わたし、『あとでのこと』持っているんです。あとでサインしてもらってもいいですか？」

ねだるような愛らしい声を、その子が出した。

「あ！　私も持ってます。明日持ってきていいですか」

ユカリが慌《あわ》てて手を上げている。

あわあわと久遠寺先生が立ち上がった。と、膝《ひざ》を机の脚にぶつけている。痛そうに顔を歪《ゆが》めた後、しかしすぐに笑顔になり、勢いよくお辞儀をした。

「嬉《うれ》しい！　こちらこそありがとう！」

久遠寺先生の結んだ髪が跳ねた。サインを頼んだ子が照れている。

「あなた誰？」

不審げなようすを隠そうともせず、市場がその子に訊《き》いた。

「ごめんなさい、つい。わたし、一年二組の篠島毬《しのじままり》といいます」

「二組？　じゃあ体育も一緒じゃないんだ」

市場が言う。体育は男女別になるため、二クラスが合同でやっている。五組は六組とペアだ。顔を知らなかったのも当然か。

「風の噂っていうか、うちのクラスにも伝わってきたんです、久遠寺先生の話。それで、会いに行こうってことになって。でも一緒に来た子、時間ないからって帰っちゃった。わたし、久遠寺先生の本、大好きで。本当に好きで好きで。できればうちのクラスに来てほしかったですー」

ピンクの頬をなお赤くして話す毬に、なるほどね、と周りの子たちがうなずいていた。久遠寺先生は嬉しそうに耳まで染めている。

「ふーん。ところでもう本当に時間がないよ」

壁にかかっている時計を、市場が指さした。

昼休み終了の予鈴が鳴る。

数日後、ユカリが所属する文芸部で、久遠寺綺の読書会を企画したという。誘われたけど、あたしは部活があると断った。

ところがなんと、友樹が参加するという。

ホント？　週明けまでに本を一冊読むんだよ？　普通の子なら楽勝だろうけど、友樹にとっては睡眠薬にしかならないんじゃない？

どう考えても、友樹の目当ては毬だ。久遠寺綺のファンだという彼女の参加を見込んでのことだろう。

友樹は遂《つい》に、小田桐から乗り換える相手を見つけたようだ。

3　ユカリ

教育実習では部活動指導もひととおりするけれど、行き先は担当した先生が顧問を務めているか、適度に部員がいて指導しやすそうなところだという。久遠寺絢子は文芸部のOBだったけど、うちにはこなかった。

彼女が在籍していたころ、いや、一昨年《おととし》に富永が顧問に着任するまで、文芸部の活動は停滞していたという。機関誌もわずか数ページのコピー誌。久遠寺綺の高校時代の作品は、図書室にはない。

久遠寺綺の作品作りの秘密——というと大げさだけど、でももっと彼女のことを知りたい。私と同じ歳《とし》のころ、どんな話を書いていたんだろう。

「久遠寺先生を部のゲストに招けませんか？　創作講座みたいなの、やってほしいって思うんですけど」

文芸部の会議で提案すると、富永にストップをかけられた。

「土門さん、久遠寺先生は教育実習に来ているんだよ。教員の免許を得るのに必要な単位で、この三週間でいろんな勉強と経験をしなきゃいけない。僕や他の先生もやってきたことだけど、けっこうハードだ。プラスアルファで創作講座だなんて、余分な負担をかけるわけにはいかない」

「だったら読書会は？　久遠寺先生の本を読んで私たちが感想を話し合うんです。久遠寺先生は見てるだけ」

「それ賛成！　あたしたちも土門さんたちのこと羨《うらや》ましいと思ってたんだ。学年が違うと会いに行きづらいじゃん！」

二年の先輩が言った。

部長以下、先輩たちは全員賛成。一年生もほぼ賛成で、文化祭の後に入部した同じクラスの片倉美花《かたくらみか》だけが反対だった。

後で片倉に理由を聞いたら、久遠寺はかわいいから富永先生に近づけたくなかった、と言われた。そこまでは考えが及ばなかったけど、ちょっと勘繰りすぎじゃない？

結局、富永もみんなの熱意に負け、本人がいいといったらだよ、と許可してくれた。

そして週明けの部活が、読書会の時間となった。課題書はもちろん、『あとでのこと』だ。せっかくの機会だから、興味のある人なら部員じゃなくてもＯＫとした。本を一冊読むというハードルを設けるから、増えすぎはしないだろう。

篠島毬がやってきた。

場違いなヤツもきた。状況は紀衣から聞いていたが、本当に友樹が現れるとは。最後まで全部、読んだのだろうか。

私は友樹をいじってみた。

「およそ、この空間にそぐわない」

「ふん。教室に生徒が座っていてなにが悪い」

読書会は図書室ではなく、空き教室を借りて行うことになった。本当は図書室のように本に囲まれた場所のほうが雰囲気もいいけれど、今、図書室は本来の役割で開館している。騒がしくするわけにはいかない。

「真面目に参加する気、あるの？　友樹の目当てはあの子でしょ」

篠島へと、私は視線を向けた。

「ユカリにあれこれ言われる筋合いはねーよ。斉藤だって文芸部員じゃないだろーが」

同じクラスの斉藤が、こちらの視線に気づいて小さく手を上げる。

「斉藤くんはいいの。映研とうちは繋《つな》がりもあるし。文化祭でも、映研の上映場所でうちの機関誌を販売してもらった。友樹、持ちつ持たれつって言葉、知ってる?」

「なんだよ、オレたちだって持ちつ持たれつだろー」

友樹が肩を叩《たた》いてくる。

「そんなに馴《な》れ馴《な》れしくしてると、篠島さんに誤解されるよ」

睨《にら》んでやると、友樹は慌てた表情で手を何度も払った。失礼な。

「みなさーん、机を移動させてロの字になってください。それが終わったら、発案者の土門さんは開催の趣旨を含めて挨拶をー」

二年生の部長が全体に声をかけて、副部長が机の位置を指示した。私は久遠寺先生に段取りを説明したあと、黒板まで進む。

友樹は、ちゃっかり篠島の隣の席を確保していた。


なごやかなムードで読書会が始まった。感想や疑問点がひととおり出たところで、久遠寺先生が、いや、久遠寺綺が答えていく。

ホームルームの挨拶や、連絡事項の説明など、先生としての役割で教卓の前に立っているときはあたふたしてばかりだけど、今は落ち着いている。表情も大人っぽい。

久遠寺綺の話を受けて新たな質問が続き、久遠寺綺も丁寧に答え、予定終了時刻をすっかり過ぎてしまった。

「――というわけで、主人公がどちらを選ぶのか、リドル・ストーリー、つまり物語の答えを示さず、読んだ人に委《ゆだ》ねるというタイプの話なんです」

久遠寺綺が言う。

「えーっ。結局どっちだったのか、伏線をいっこずつ辿《たど》って考えたのに」

「それを作者本人から聞きたかったんですよー」

ばらばらと声が上がる。

「読んだ人が、どこにひっかかりを感じるか、どこに共感するかによって、主人公はこちらを選ぶんじゃないかなー、と考える。そういう話なので、自分が答えだと思うほうでいいんです」

教室を見回しながら、久遠寺綺が笑顔を作った。

「十年後に読んだときには別の答えを選ぶ、というのもありですか？」

私の質問に、もちろん、と久遠寺綺がうなずいた。

「答えの出ないものって、人生ではたくさんあるの。その岐路に立たされたときどきによって、選ぶ答えが違うこともあります」

「有名なリドル・ストーリーとしては、フランク・リチャード・ストックトンの『女か虎《とら》か』や芥川龍之介の『藪《やぶ》の中』があるね。図書室にもあるから読んでみるといい。では、これで本当に終わろう。外ももう暗い」

富永が話を締めようとしたところで、斉藤が手を上げた。

「お願いがあるんですが」

「なにかな？　時間が超過しているから、手短かにね」

富永が諭すように言う。

「はい、すみません。あ、でも全員に関係するわけではなくて、主に久遠寺先生と篠島さんになので、読書会は終えていただいてかまわないのですが」

「じゃあ片付けまーす。みんな、自分の座ってた机と椅子《いす》を元の位置に戻してー」

部長のひと声で、全員が立ち上がった。富永が久遠寺綺と篠島を手招きして、教室の後ろ、窓側に移動している。興味を惹《ひ》かれた私もそちらに向かった。

「なんだよ、斉藤。おまえ、そのお願いってのがあって参加したのか？」

友樹が走ってやってきた。片倉も、一歩引いたところでようすを見ている。

「半分はね。でも『あとでのこと』のいろんな解釈を知りたかったというのが一番の理由だ。すごく参考になったよ」

「参考ってなにが？」

訊ねた私にちらりと目を向け、斉藤は久遠寺綺に向き直った。

「先生、『あとでのこと』を映画にしたいんです。許可していただけませんか？」

久遠寺綺が目を丸くする。

「え、映画って、ええ？　えっと、あの、どういう？」

「映研で映画を作りたいんです。つまり自主制作映画ですが。大スターが出るとかそういうんじゃなくて」

「や、やだもちろんそんな、思ってないよ。大スターなんて、あは、あはははは」

久遠寺綺が真っ赤になった。焦《あせ》ったように両手をぶんぶんと振り、一歩下がる。と、腰を机にぶつけた。さっきまでの作家モードから一変し、いつも五組で見ている久遠寺先生に逆戻りだ。

斉藤くん、と富永が口を出してくる。

「これは今回の読書会開催にあたって土門さんにも言ったんだけど、久遠寺先生は教育実習に来ているんだよ。小田桐先生の授業だけじゃなく、他の先生のクラスを見学したりレポートを書いたりと、かなりタイトなスケジュールだ」

「久遠寺先生にはご迷惑をおかけしません。脚本は自分たちで書きます。演出も。ただ許可がいただきたいと、それだけです。もちろん、ちらっとでも見学していただければ嬉しいんですが、それは久遠寺先生の時間が許せば、で」

久遠寺先生が小さくうなずく。

「そして大スターは出ないと申しましたが、未来のスターが出ます。いやスターになっていただきたい人に、ぜひぜひご出演願いたいのです」

斉藤が、もったいぶって視線を向けた。篠島に。

「篠島毬さん。協力してくれないかな。篠島さんならピッタリだと思うんだ。もちろん主人公にと考えている」

篠島が困った表情になる。

「ちょっと待て。おまえやっぱりそれが狙《ねら》いじゃないか」

友樹が斉藤に、ずいっと寄った。

「それ？　たしかに僕は、映画が撮りたいわけだが、原作に感動したからこそだ」

「違う違う。だから、アレだ」

「アレってなんだ」

友樹が言いたいのは、斉藤も篠島が目当てなのか、ということだろう。

でも篠島本人を目の前にして、下手なことは言えないようだ。斉藤はわかっているのかごまかしているのか、それとも友樹が勘繰っているだけなのか、肩をすくめたままだ。

「ええい、くそっ。だいたい斉藤、映画ならこの間撮ったばかりだろ。文化祭の委員をオレに押し付けて。また同じことをやらかそうってのか」

「一本撮って終わりってわけにはいかないよ。クリエーターたるもの、常に新しいものを求め、創《つく》り続けていなければ。わかりますよね。久遠寺先生」

突然斉藤に話を振られた久遠寺先生が、目をパチパチしながらうなずいた。

「……え、ええまあ」

「それに委員は押し付けたわけじゃないだろ。鷹端が自分で手を上げたんだ」

「おまえなあ……」

斉藤の言葉に、友樹が絶句する。この件に関しては私も同感だ。いろいろと大変な目に遭った。片倉も、涙目になって斉藤を睨んでいる。

しかし友樹は表情を変えた。胸を張る。

「い、いやたしかにそうだ、そうだった。オレは、自主的に委員をやると言った。クラスの危機を救うためだ。やるときはやる男なんだよ、この鷹端友樹ってのは」

わざとらしく言って、篠島のようすを窺《うかが》う。

なるほど、そういう作戦か。富永も友樹の想《おも》いに気づいたのだろう、笑いを押し殺している。

「どうだろう、篠島さん。文化祭のときに上映した僕らの映画は、篠島さんも気に入ってくれただろ？　何度も足を運んでくれたじゃないか」

斉藤が篠島を見つめる。

へえ、斉藤は以前から篠島を知っていたのか。だったら根回ししておけばいいのに。

「見に行ったけど、でも——」

「至らない部分はあったよ。あれは正直、突貫工事だったしね。今度はもっといいものにする。ぜひ協力してくれ！」

斉藤が深く頭を下げた。

篠島はしばらく考え込み、そして口を開く。

「……久遠寺先生、どう、しますか？」

「え？　わたしなの？　篠島さんが映画に出るかどうかの話なんでしょ？」

久遠寺があたふたと後ろに下がり、またもや机に身体《からだ》をぶつけていた。

「だって久遠寺先生がOK出さなきゃ、映画を撮るも撮らないもないじゃないですか」

篠島が答える。

そうか、と久遠寺先生がうつむいて考え、しばしの後に顔を上げた。

「わかった。いいですよ」

「やったー！」

斉藤が両手を高く上げて喜ぶ。そしてすかさず。

「篠島さん、篠島さんもいいんだよね？」

「先生がOKならわたしも」

「最高だ！　映画の神よ！　あなたに感謝を捧《ささ》げます」

斉藤が指揮者のように高く両手を広げて振った。そのまま踊り出す。久遠寺先生も篠島も、友樹までもが呆気《あっけ》にとられていた。……なにこの子、面白い。こんな変な子だったんだ。

　私は斉藤に興味を引かれた。今度書く話に出してみようか。

「ストップストップ。話し合いは済んだんだね。じゃあ今度こそ終わりにしよう。鍵をかけるから出なさい」

　富永が斉藤を止めた。見回してみると、教室は元通りにされ、いつのまにか先輩たちもいなくなっていた。

「久遠寺先生、年末のバザー会までには仕上げて上映します。その際にはぜひ見に来てください」

　斉藤が久遠寺先生に声をかける。

「バザー会？」

　久遠寺先生は首をかしげた。

「はい。災害募金のバザー会。去年から生徒会主導でやっているんです」

「去年からだったら、久遠寺先生は知らないんじゃない？」

　私は口を出した。実は私も入学してから知った。私が受験校決定のためにサイトや資料を確認したのは去年の夏休みだ。そのときには、風高でバザー会を行っているなんて情報、まったく載っていなかった。

案の定、久遠寺先生も知らなかったとうなずく。

「聞いてませんか？　うちの部長から。前回のバザー会でも映研の上映があったんですよ」

「部長？　部長はおまえだろ？」

友樹が斉藤に問いかける。

「あ、失礼。前部長です。鷹端は文化祭の上映に来なかったから知らないんだな。三年の久遠寺沙耶《さや》先輩が前の部長だよ」

斉藤が久遠寺先生に向き直り、言った。

「久遠寺先生の、妹さんですよね？」


土門さんも知らなかったのか？　と斉藤は風高からのバスの中、私と友樹に教えてくれた。

文化祭が終わったタイミングで引退した沙耶先輩は、国際理学科の三年生で、現在大学受験に向けてまっしぐらだが、この春まで映研を守ってきた英雄だ、と斉藤は言う。

――英雄。斉藤から見た話だから多少は差し引くとしても、才気溢れる人物であることはたしかだろう。国際理学科の理系の中でほぼトップの成績、志望校は東大理一か理二か、と斉藤はわがことのように胸を張る。

そういえば、と私も文化祭の記憶をたぐった。

映研が上映していた映画は何本かあった。メインは斉藤の撮った新作だそうだが、それだけではプログラムに幅がないからだろう、過去作が何本か上映されていた。私は斉藤の映画しか見ていないけれど、受付に美人の上級生がいたことを覚えている。

あれが久遠寺沙耶だったのか。スタイルがよく、バランスのいいすっきりした顔をして、理知的な瞳《ひとみ》が印象的だった。久遠寺絢子の妹？　似ているような似ていないような。眼鏡をかけた普段の久遠寺先生より、ネットで見つけた化粧をした久遠寺綺の顔なら近いかもしれない。――ややこしいのでふたりは名前で呼ぼう。絢子先生は落ち着きがないが親しみやすく、沙耶先輩は近寄りがたい感じた。

「かっこいい人なんだ。制服より白衣が似合いそうな。沙耶先輩をモデルにして映画を撮りたいって企画を出したこともあったが、鼻で笑われて蹴られた」

斉藤が言った。

沙耶先輩はキツいタイプなのだろうか。それとも出した企画がひどすぎたとか。

斉藤に訊ねると、Sっ気のある美人科学者のサイコな話だよと言われた。……企画のせいかな。

「先輩の話でごまかしてんじゃねえよ。斉藤、おまえ絶対、篠島狙いだよな。映画をきっかけに距離を縮めようって作戦だ」

バスの最後部座席で、友樹が斉藤を締め上げようと手を伸ばす。

「いいかげんにしなよ。他のお客さんの迷惑」

私は呆れてふたりを止めた。

「鷹端さあ、それ、自分がそうだと告白してるようなもんだぞ。たしかに僕の目的は、篠島毬だよ。だけど素材として惚《ほ》れたに過ぎない。僕の映画に参加してほしい、それだけなんだ」

「素材だあ?」

「見ればわかるだろ? あの愛らしさ、透明感、顔も美しいが表情も美しい。いるんだよ、静止した写真なら綺麗だけど、動かしてみると粗野だったり下品だったりと下地が透けて見える女性が。もちろん男性も。僕が求めるものは少女という時間に閉じ込められた永遠だ。その神秘性を追求するのに、彼女は最高の素材だ」

斉藤が一気に話す。

「……悪いがよくわからない」

友樹は混乱した表情だ。

「かまわない。わかる人にわかってもらえればいいんだ。だがさっき僕が言ったことは、そう特別な話でもない。壊れやすい時間を繋ぎとめる手段として、僕は映像を選ぶ。久遠寺先生は文章を選んだわけだ。つまりは普遍的なものだよ」

言葉をひねくり回しているだけじゃねえか、と友樹がぼそりとつぶやいた。

斉藤の言いたいことはわからなくもない。斉藤の言う「壊れやすい時間」、一瞬一瞬で消えてしまう気持ちを、私もまた言葉という形で掬《すく》い上げたいと思っている。

うー、と友樹がうなった。

「篠島とつきあうため、ってんじゃないんだよな？」

「俗っぽいことを言うなよ」

「だってほら、オレでも聞いたことがあるぞ。監督と女優のカップルって」

「ああ、あるよな。ゴダールとアンナ・カリーナ。フェリーニとジュリエッタ・マシーナ。他にも山ほど。ゴダールは別れてるが、ベストカップルと言っていいだろう。別れるといえばリュック・ベッソンなんて『ニキータ』に出たアンヌ・パリローと結婚して離婚してまた別の女優と結婚して離婚して三番目がミラ・ジョヴォヴィッチで今四番目の妻がいるはずだ。でもミラ・ジョヴォヴィッチもその後ポール・W・S・アンダーソンと結婚したけど」

「もういい。いちいちワケのわからん話をまくしたてるな！」

斉藤がにやにやと笑っている。わざとのようだ。私も全員の名前は知らないけど、もう亡《な》くなった人だよね、フェリーニって。なるほど斉藤は映画オタクか。

「ともかく、篠島は僕の撮りたい映画の世界にピッタリなんだ」

「でも『あとでのこと』の主人公と篠島さんは、私には結びつかないなあ」

私はつい口を出した。斉藤の笑いが止まる。

あれ、なんか本質突いちゃった？

「……実を言うと、まず篠島ありきってところはある。だけど『あとでのこと』は面白かったし」

「おい！」

友樹がまた吠《ほ》えた。

「いやまじに、鷹端が言うような意味じゃない。小説じゃなく映画なんだからビジュアルも大事だろ。さらに人員の問題もある。文化祭で、篠島は僕らの上映を何度も見に来てくれたから、興味があるのかなって思って誘ってみた。そのときは断られたけどね。三年生が引退して、部活動として残してもらえるかどうかが危ういんだ。去年も一昨年も同じような状況で、同好会への格下げを待ってもらっていた」

「何人になったら格下げ？」

私は訊ねた。

「同好会から部に昇格するには、五人集めて顧問になってくれる先生を見つける、って規則がある。だから本当はその人数がボーダーなんだろうけど、新入生が入れば一気に増える可能性もあるから、降格には猶予《ゆうよ》がある。沙耶先輩の同級生もいたんだけど、成績低下と受験準備を理由に、去年の秋にはやめている」

「去年の秋？　早っ。二年生なのに勉強漬けかよ。恐ろしいなー」

友樹が叫んだ。怖い話だ。私たちも計画的に勉強しないと、同じ目に遭うかも。

「今は何人いるの？」

「三名。三名とも一年生なのが救いだ」

四月から六月の間も四人しかいなかったってこと？　それ、ボーダー以下じゃない。

私の疑問には、斉藤がすぐ答えてくれた。

「沙耶先輩が生徒会からの通達をはねのけて、ひとりで闘っていたんだ。ときには芸術について語り、ときには歴史について語り、要するに煙《けむ》に巻いてきたってわけ。けど、補助金や部室といった部員ひとりあたりにかかる費用の話を持ち出されると、正直、旗色が悪い。同好会は特別教室棟やクラブハウスに部屋を持てないだろ。どこかの部に間借りするか、都度、活動の申請書を出して、空き教室を転々とするしかない」

「ひとりしかいない部に部室があって、四人集まった同好会が部室を持てないというのは不公平かもね」

私もうなずく。

「ああ。沙耶先輩は猛攻撃に耐えてきた。生徒会から責められ、他の同好会から非難され、それでも負けなかった。英雄って言ったのはそういうことだ。僕は沙耶先輩ほど弁が立たない。正攻法、つまり部員を増やすしかないんだ」

「篠島さんへの餌《えさ》なんだ。『あとでのこと』の映画化は」

「土門さんははっきり言うなあ。でも正解だ。篠島は久遠寺先生目当てで何度もうちのクラスに来てただろ？　よほど好きなんだろうと思ってさ」

考え込んでいた友樹が、口を開いた。

「篠島は出演はするって言ったけど、入部するとは言ってないぞ。久遠寺にも、空き時間に見に来てくれってねだってた。篠島は映画に出たいわけじゃない。久遠寺と親しくなりたいだけだ」

「わかってる。だけど作れば絶対面白く感じる。そして入部する」

斉藤が断言した。呆れるほど前向きだ。

「……そんなに面白いのかよ、映画作りって」

「体験したらはまるよ。ふたりもやってみるか？」

「ああ」

斉藤はなんの気なしに誘ったのだろう、友樹の返事が聞こえていないようだった。反応がない。

「出演してやってもいいぞ」

友樹がもう一度、斉藤に言った。

「は？　え？　出演？」

「友樹、冗談だよね？」

「ユカリまで驚くなよ。久遠寺の小説、三角関係の話だったろ？　男がふたり必要じゃないか。オレ様が出てやる」

「いやしかし、鷹端、おまえ演技なんてしたことあるのか？」

斉藤が及び腰になっている。

「やってみるかって言ったのはそっちだろ」

「……う、いや、むしろ土門さんのほうが素材としては」

「なんだと？」

「私は文芸部もあるし、それ以上に演技なんて無理」

と答えたところでバスが停まった。大きな駅があるため、乗客が半分ぐらい立ち上がる。友樹はこの先まで乗っていくけれど、私は降りる。斉藤も腰を上げた。

「待て。相談しよう。もっと話を聞かせろよ」

友樹が斉藤の鞄《かばん》をつかんだ。

「放せよ。降りるんだよ、僕は」

「じゃあオレも降りる」

斉藤と友樹がもみ合いながらバスを降りていく。私も誘われたけれど、丸め込まれてはなるまいと、断って駅へと向かった。

友樹、映画に出るって本気？　……でも、ちょっと見ものかも。

4　響

「お願いがある」

わたしが話に巻き込まれたのは、その翌日、火曜日のことだ。教室移動のある休み時間に、廊下で紀衣から詰め寄られた。

「友樹と一緒に映画に出てくれない？　顔出しが嫌ならスタッフとしての参加でもいい。あいつを見張ってて」

「えー？」

わたしは声を上げた。前を行く友樹が振り向き、紀衣が慌てたようすで口を押さえてきた。

「どういうこと？　映画って絢子先生の？」

わたしたちはいつの間にか、久遠寺先生のことを絢子先生と呼ぶようになっていた。絢ちゃんなんて親しげに呼ぶ子もいる。

絢子先生の『あとでのこと』を、斉藤くんが映画化するという話は友樹から聞いていた。自分も主役のひとりだと、自慢げなようすで。

「そう。友樹のバカ、すっかり舞い上がっちゃってて。昨夜も近所中に聞こえる声で歌うし、浮かれすぎて階段から落ちたっておばさんが言ってたし、もう大騒ぎ」

紀衣と友樹は、目と鼻の先に住んでいる。

「友樹くんらしいね。だけどなんでわたしが？」

「あたしは部活があるもん。ユカリは面白がってるけど、引きずり込まれるのが嫌だから手伝いたくないって言うんだ。だから響ちゃん、お願い！　響ちゃんに水泳部に入ってほしい気持ちは変わらないよ。だけどもし今、時間が空いてるなら」

「なるほどー」

小さく笑ったわたしに、紀衣が首をひねる。

「え？　なにがなるほど？　あたし、変なこと言った？」

「ううん。いいよ、わかった。頼ってくれるのは嬉しいし。……だけど紀衣ちゃんって、やっぱりそうなんだ」

紀衣がますます不思議そうな顔になる。

「そう、って？」

「そんなに友樹くんのことが気になってるんだなあ、って」

わたしは声を出して笑った。

えええっ？　と紀衣が叫ぶ。

「違う！　違う違う！　そうじゃない。迷惑かけるから！　絶対あいつなにかバカなことをやらかすから！　わかるでしょ？　響ちゃんなら。いろいろあったじゃない」

紀衣が手と頭を同時に大きく振った。持っていた教科書がするりと手から抜けて、慌てて拾いにいっている。

「わかるよ、うん」

「なによその顔。本当にわかってる？」

「わかってるってば。えへへっ」

「わかってなーい！」

そしてその週の金曜日、映画の撮影が始まった。

絢子先生が風高にいる間に、撮影をあらかた終えておきたいと斉藤くんは考えたようだ。徹夜でシナリオを書き、撮影場所の使用許可も取ったという。

わたしはスタッフじゃなく、出演者となった。

制作の手伝いといっても、なにをどうしていいかわからないよね。ビデオカメラも扱えないし、記録の取り方も知らない。教えるより、わかっている僕ら映研部員がやったほうが早いから。そう説明された。演技なんて自信ない、と断ったけど、文化祭の出し物でやったじゃないと言われた。普通の高校生の日常だから、普段のままでいいんだよ、と。うまく丸め込まれたような気がする。どうなっても知らないからね。

放課後、わたしたちは一般教室棟の屋上に立った。

制作メンバーは、斉藤くんをはじめとして、穂積《ほづみ》くん、迫田《さこた》くんの映研部員。ふたりは別のクラスだ。出演者は友樹と篠島さんとわたし。初日には、映研の顧問の赤池先生に加え、絢子先生も見学にきた。

「珍しいな、赤池が来るなんて。どういう風の吹き回しだ」

斉藤くんが言った。赤池先生は三年生を担任しているためいつも忙しく、許可申請のときに承認印をもらうのがほとんどで、先生の指導の下にあれこれするといった部ではないらしい。映画撮影の技術的なことは、個人で工夫したり、先輩から学ぶのだという。

その先輩が、絢子先生の妹だという話は、ユカリから聞いた。ユカリと紀衣と三人で三年生の教室まで行って顔を確認してみたけれど、言われてみればきょうだいかも、という程度で、あまり似ていなかった。沙耶先輩は、制服を着ているのにずっとずっと年上のようで、知的で綺麗な人だ。

「おまえらが面倒かけるからだよ」

斉藤くんの言葉を聞きつけた赤池先生が、彼のおでこを指で弾《はじ》く真似《まね》をした。

「屋上は、本来立ち入り禁止なんだよ。他に撮影場所がないっていうから許可したんだぞ。一度も立ち会わなかったなんて上に言えるわけないだろ」

「お世話かけまーす」

斉藤くんが肩をすくめてみせた。

「え？　屋上、立ち入り禁止なんですか？　昔はそんなことなかったのに」

絢子先生が口を出した。赤池先生が困った顔になる。

「防犯とか安全面とかいろいろとあるんですよ」

「風力発電機はどうしてるんですか？」

フェンスの下のほうに視線を向けながら、絢子先生が訊《たず》ねた。

理科学部が管理する風力発電機は、管理棟と一般教室棟を結ぶ渡り廊下の屋上に設置されている。渡り廊下は一階が昇降口になった二階建てだ。絢子先生が見ているフェンスの先に、プールの脇《わき》にあるような鉄製のはしごが、下へと向かっていた。

「メンテナンスは部員と業者の協力で、必要なときだけ立ち入るという形ですね」

「だったら屋上で撮影しなくても、小説のままでいいのに……」

絢子先生がつぶやいた。

すみませーん、と斉藤くんが手を合わせて大きく頭を下げる。

「肝心のプールが借りられなかったんですよ。水泳部が、いつ気温が下がって校内のプールに入れなくなるかわからない、撮影に貸す余裕なんてないって、けんもほろろ。学校からも水を抜くシーンがあることを問題にされて。水道代がかかると」

「秋が深まってプールを使わなくなってから撮影すればいいんじゃないの？」

絢子先生の反論に、斉藤くんが複雑そうに空を見上げた。深い青の色に、ぽってりとした雲が浮かんでいる。

「いろいろあるんですよ、水泳部とは。秋になろうと冬になろうと、彼らは新たな言い訳を繰り出してきます。賭《か》けてもいいです」

「言い訳？」

「僕からはアレなんで、沙耶先輩に訊いてくれますか？」

なんの話か知ってるか？　と友樹がわたしに訊ねる。

水泳部と沙耶先輩とのトラブルは、紀衣から教えられていた。

去年のことだ。

沙耶先輩から、映画を撮りたいのでプールを貸してくれと水泳部に依頼が来たそうだ。水泳部の先輩たちは快く応じ、協力もしたけれど、できあがった映画に写っていたのは、プールと、水。そして沙耶先輩の用意した、とあるモノ。部員が泳ぐところとか、ふざけ合うところとか、あれこれ演出をされていろんなシーンを撮ったはずなのに、すべてカットされていたという。借りたかったのは水か！　だったら風呂《ふろ》でやれ！　と怒ったそうだが、映画には編集というものがあるとか、削《そ》ぎ落としてこその芸術だとか、まさに立て板に水のように滔々《とうとう》と述べられて、煙に巻かれたそうだ。

以来、水泳部では、我田引水久遠寺沙耶のごとくとか、沙耶の面《つら》に水とか言って、揶《や》揄《ゆ》しているらしい。それでも溜飲《りゅういん》は下がらないのだろう、映研とは一切かかわるなと、水泳部に新たな規則が加えられたとか。

絢子先生はきょとんとしていた。なにも知らないらしい。

絢子先生は東京の大学に行っている。長い休みも部屋で執筆をしているらしく、実家に帰ったのもひさしぶりだというから、沙耶先輩から聞いていないのかも。

篠島さんは平然としていた。あらかじめ、斉藤くんから訊いていたのかもしれない。

『あとでのこと』のシナリオが、撮影場所以上に大幅な変更が加えられていることも、彼女には事前に説明されていたみたいだ。絢子先生は渋い顔をしていたのに。

小説『あとでのこと』は、女子生徒ひとりと男子生徒ふたりを中心に置いた、友情物語であり三角関係の話だ。ただ、この三角関係が一筋縄ではいかない。主人公の女子をふたりの男子が取り合っていたはずなのに、いつしか男子ふたりが接近していくのだ。直接どうこうというセリフはないけれど、このふたりはなんとなく怪しいんじゃないか、という雰囲気が醸《かも》し出されている。ラスト、主人公の女子が、それらもわかったうえでいずれか片方を選んだのか、わからないままに選んだのか、三人の関係がどうなるのか、曖昧《あいまい》なまま物語が閉じられる。誰の立場で物語を読むかによって違ってくるみたいだ。

そのラストの扱いは文芸部の読書会でも話題になったとか。

ところが今回、出演者が女子ふたりに男子ひとりとなった。単純に男女が入れ替わって友樹が主人公になったわけじゃない。主人公は女子生徒のまま、演じるのは篠島さんで、彼女が選ぶのが友樹かわたしのどちらか、という話なのだ。

ちょっと待って。なんとなく怪しいってだけじゃなく、最初からわたしを選ぶのもありなの？

わたしは混乱したけれど、難しいことは考えずにシナリオのままやればいいと言われた。大変そうなのは篠島さんだ。でも篠島さんはやれると言ったらしい。絢子先生原作の映画に出られるなら、それだけで嬉しいからと。

「俺は仕事が残ってるから戻るが、日が暮れたら必ず撤収するんだぞ。フェンスにはもたれかからない、もちろん外には絶対に出ない、階段室の上にも登らない。きっちり守れよ。じゃあ久遠寺先生、あとはよろしくお願いします」

赤池先生がそう言って、階段室のほうへと歩いていく。

「さあ、やるぞー！」

斉藤くんが笑顔で両手を突き上げた。

一日目の撮影はうまくいったと、斉藤くんも迫田くんたちも口を揃《そろ》える。わたしにはよくわからない。斉藤くんの指示に合わせて右を向き、左を向き、走り、篠島さんに詰め寄る。それだけだ。友樹も似たり寄ったりの状態だろう。衣装は制服のままだ。そこは楽。

わたしたちは何度かやり直しをさせられたけれど、篠島さんは一回でOKをもらえていた。聞けば、家でシナリオを幾度も読み直し、飽きるぐらい練習をしたらしい。それでも篠島さんは納得がいかないらしく、本当にこれでいいのかなとか、やっぱりやり直しましょうかなんて斉藤くんに言って、首をひねっていた。真面目《まじめ》な人なんだなあ。

日暮れの前に、突然、赤池先生が現れた。

「そろそろ終わりだ。片付けて」

「夕陽が撮りたいんです、先生。もう少し、もう少しだけ待ってください」

斉藤くんが懇願する。

「シナリオを読んだけど、そんなシーンは書いてなかったぞ」

赤池先生は首を横に振った。

「やっぱりここは夕陽がないとって思うんですよね。ベタですが、ベタだからこそ万人に伝わるものってあるじゃないですか」

「ダメだよ。昼だけだっていうから屋上撮影の許可を出したんだ。はい、撤収撤収。鍵《かぎ》返せ。扉にかけていくから」

そこをなんとか、なんて言いながらも、斉藤くんは鍵を差し出した。わたしたちは手分けして機材を持ち、屋上を後にする。そのままクラブハウスにある部室へと移動した。

部室はどの部屋も同じスペースだそうだが、映研はやたらとモノがあって、足の踏み場もないといったようすだ。学校のシールのついたロッカーはいいとしても、ホームセンターで売られている三段ラックや五段ラックが、パズルのように間を埋めていた。さらにその脇や映画ポスターでいっぱいになった天井までの隙間《すきま》に、形のバラバラな段ボールが積まれ差し込まれ、地震が起きたらどうなるのという状態になっている。それでも収まらなくて、床には品物が直置《じか》き。ぬいぐるみが横たわり、バランスボールに縦長の時代物っぽい時計に鞄に、懐中電灯まで転がっている。

「なんで工事中の看板なんてあるんだ？　三角のコーンまであるし。って、カツラまで被《かぶ》せられて。……おーい、この椅子、壊れてるじゃねえかー」

腰をかけようとした友樹が、慌《あわ》てた声を出す。

「今までに映研の撮影で使った小道具が、全部置かれているんだ」

「同じ映画を撮るわけじゃないだろ？　無駄じゃね？」

「映画作りには金がかかるからな。処分したあとで必要になったら困るだろ。工夫すれば別の形で使えるものもあるんだ。知ってるか？　昔の特撮怪獣ものの着ぐるみには、エラとかヒレとか別のパーツをつけて流用したのが数多くあるんだ」

「うちのおかあさんもいつか使えるとか言っていろいろ残してるけど、持ってることさえ忘れてるよ。後で、あれ、こんなものがあったんだ、なんて言うの」

わたしが口を挟むと、斉藤くんが苦笑した。

「否定はしないよ。でも代々受け継がれているんだ。僕が捨てるわけにはいかない」

「ゴミにしか見えないけどなあ」

友樹が、三段式のプラスティック製のゴミ箱の口を開けた。中は空だ。これはゴミ箱じゃなく、ゴミ箱という小道具だったみたいだ。

「空いてるじゃん。地面に置いてあるもの、ここに入れろよ。もしかしてこっちのロッカーも、収納用じゃなく小道具だったりして」

扉を開けた友樹に、なにかがもたれかかってきた。

「ぎゃあああ！」

「きゃあっ」

友樹に続き、わたしも悲鳴を上げた。篠島さんも息を呑《の》んでいる。

友樹と抱き合っているのは、骨——骨格標本だった。

「ああ、そこにあったか。悪い悪い」

斉藤くんが笑う。

「……な、なんだこれ。生物室からパクったのか？」

「失敬な。映研の持ち物だよ。これも、また使うんじゃないかと思って」

そう言った斉藤くんを、友樹が睨む。肩にかかった腕——骨を、投げるようにして引きはがしていた。

「丁寧に扱ってくれよ。関節が外れるだろ」

「だったら手伝えよ」

ふたりでなんとかロッカーに収めている。

「びっくりしたー」

篠島さんが声を出し、笑った。篠島さんは、棚に並んだＤＶＤのケースを見ていたようだ。一枚を手に持ったまま、動きが止まっていた。少し前にヒットしたミュージカル映画だ。

「あ、それいいよねー。僕、三回見に行って、サントラも買ったんだ。それが好きなら、ちょっと前のだけど『シカゴ』なんかどう？　今回の映画と同じく、三人主役の物語だ。リチャード・ギアとキャサリン・ゼタ＝ジョーンズとレニー・ゼルウィガー。第七十五回アカデミー賞と第六十回ゴールデングローブ賞のダブル受賞だ。他の名だたる賞も」

斉藤くんがモノだらけの部室を軽やかに移動し、篠島さんのそばに立った。棚の中を捜している。

「あれえ、おかしいな。『シカゴ』のＤＶＤ、ここにあったはずなんだけど」

「いえ、いいです。ありがとうございます」

「そう？　あ、それ貸そうか？」

結構です、と篠島さんが断っている。そのようすを見て、友樹もふたりのそばに寄っていった。映画の知識をベースに語る斉藤くんから、なんとか話題の転換を図っている。

「わかりやすいねー、鷹端くんって」

絢子先生が話しかけてきた。わたしはうなずく。

「はい。篠島さんが目当てで参加したみたいです」

「なるほどね。じゃああなたは？　椋本さん」

問われて、言葉に詰まった。紀衣から頼まれたからここにいる。それを言っちゃダメだろう。だけどわたしが友樹のことを気にしていると誤解されるのも困る。

口ごもっていると、絢子先生が優しい笑みを浮かべた。

「ごめんごめん。いろいろあるよね。うん、ほんの数年前だったのに、なんだかみんな、かわいいなあ」

絢子先生がドキッとするほど大人っぽい表情をした。もちろん先生は大人なんだけど、いつもモノにぶつかったりあたふたしたりとドジな人だから、感じが違う。

「ヒントになりそうですか？　わたしたち」

「え？　どういうこと？」

「小説家のお仕事の話です。ユカリちゃんが小説を書いているから、わたしたちときどきネタにされるんです」

絢子先生が照れたように笑う。

「ヒントかー。うん、なかなか次の話がねえ、難しい。……あ、いやでも、今は教育実習に集中しなきゃ。ヒントなんて考えてたら、他の先生に怒られちゃう」

「大変ですねー。がんばってください」

「ありがとう。がんばる。がんばるけど……、うーん、でも気になっちゃうんだよね」

「ヒントがですか？」

「ううん。……『あとでのこと』のほう。なんか全然違う話みたいで」

絢子先生は少し言い淀《よど》んで考え込み、もう一度訊ねてきた。

「女の子ふたりと男の子ひとりの三角関係に変わったけど、どう思う？」

「ごめんなさい。わたしや友樹くんが下手だから、絢子先生のイメージと離れちゃって」

そういう意味じゃないの、と絢子先生は手を横に振る。そして気にしないでと笑った。

土曜日の撮影は、空き教室で行うことになった。三年生が補習をしていたけれど、二階以上の教室ならかまわないらしく、小田桐先生に依頼して、わたしたち五組の教室を借りた。小田桐先生も確認にきてくれた。

翌日の日曜も、三年生が模試の日だったおかげで校舎が開けられていて、事前に許可を受けた部なら活動してもいいことになっていた。ユカリが興味があるとやってきて、紀衣も、水泳部には内緒ねと言いながら現れる。土曜日は来なかった絢子先生も、日曜には顔を見せた。

斉藤くんは急遽《きゅうきょ》、授業のシーンを追加した。紀衣とユカリを席に着かせ、穂積くんと迫田くんも加わる。先生役は、見学に来ていた絢子先生だ。たった七人の生徒で授業風景になるのかなと思ったけれど、撮ったシーンをモニターでチェックさせてもらったら、写された角度のせいで充分そう見えた。使うのはせいぜい数秒だから平気だよと斉藤くんが言う。こういうのが撮影のマジックなんだよと得意そうだ。

外から、歓声が聞こえた。

窓の向こう、サッカー部が練習をしていた。気のせいか、友樹の顔がちょっと曇る。

「あー、くそっ。青春しやがって」

「いかにも高校生活って感じの絵だよね」

紀衣がからかう。ケータイをビデオモードにして、窓の外に向けた。

「うんうん、いい感じ。お、ボール奪った。行けーっ。がんばれー」

ノリノリで、ケータイを左から右へと移動させている。

「そうだ、斉藤くん。メモリに余裕があるならああいうの撮っておいたらどうかな？後で使えるかも」

篠島さんも言った。斉藤くんがうなずいている。

「嬉《うれ》しいなあ。こうやってみんなでアイディアを出し合うのが映画作りの醍醐味《だいごみ》なんだよ」

「さすが毬ちゃん」

友樹が持ち上げる。篠島さんが首を横に振った。

「そんなことない。汐見さんが示唆《しさ》してくれたおかげだよ」

しばらくの間、映研のビデオカメラで窓の外を追っていた斉藤くんが、うーん、と唸《うな》った。

「うまく撮れない？」

紀衣がそばに寄る。

「右のほう、管理棟が邪魔になるんだよな」

「二階だと低いものね。金曜日に気づけばよかったね。あのときなら屋上から撮れたのに。残念」

篠島さんが言った。

「三年生が模試をやってるってことは、赤池はいるよな。よし、屋上行こう」

「え？　教室はもういいの？」

わたしが訊ねると、斉藤くんは首を横に振った。

「教室はいつでも撮れるからさ。それに屋上のシーン、少し撮り足しておきたい。三人には悪いけど、もう一回、やり直してもらえないかな」

えぇー？　と不満げな声を上げたのは友樹だ。

「頼む！　もう一回！」

わかった、とわたしが答えると、決まり！　と斉藤くんは友樹と篠島さんの肩を叩《たた》いた。

「移動か？」

迫田くんが訊ねている。

「ああ、赤池を捜してくる。いったん撤収」

「ここの鍵はかける？」

絢子先生が確認する。

「あとで戻るからいいです。みんな、それぞれの鞄と機材を持って屋上へ行っててくれ」

屋上の鍵はまだ開いていないしと、わたしたちはのんびり移動した。迫田くんが、ビニールシートを部室から取ってこなきゃと言って、一階に下りていく。わたしも途中でトイレに寄った。

「毬って記憶力いいんだな。セリフの量、オレらの倍以上あるのに、全部すらすらでてくるよね。すごいや」

屋上へ通じる階段を上りきると、扉だけの小さな空間がある。遅れていくと、その階段室でみんながたむろしていた。友樹が篠島さんに話しかけている。

「馴《な》れ馴《な》れしい！ せめて敬称ぐらいつけなさい」

紀衣が友樹の頭をはたいた。友樹が、くそお、とつぶやく。わたしは思わず笑い出した。

「本人は親しみをこめてるつもりなんだけどね。いろいろ勘違いするヤツだから、迷惑だったらはっきり言ってやって。友樹は言わないとわからないから」

紀衣の言葉に、篠島さんが首を横に振る。

「迷惑じゃないですよ。みんな仲がいいんですね。椋本さんも、土門さんも」

「小学校からのつきあい。友樹とはもっと前からだけど。なんか堅苦しいな、名前で呼んで。あたしもそうする。ね、毬ちゃん」

紀衣が笑顔で答えた。篠島さんも笑顔で応じる。

「ありがとう。四人とも、ずっと一緒なの？」

「響ちゃんだけ別の小学校だけど、当時からの友だち。ユカリは途中で転校してる。あともうひとり、別のクラスにも親しい子がいる。毬ちゃんはどこの小学校？　中学は？」

「オレが話をしてたんだろ。話を奪うなよ！」

友樹が大声を出す。ユカリが隣で笑っている。

斉藤くんが階段を駆け上がってきた。さあ撮影再開だー、と鍵を持った手を振りながら叫んでいる。

第二章　事件　――幕が開いた――

1　友樹《ともき》

——そして今日、月曜に至るというわけだ。

昼休みに、昨日、屋上にいた全員が生徒指導室に呼び出された。斉藤《さいとう》をはじめとする映研の三人、オレ、毬《まり》、紀衣《きい》とユカリと響《ひびき》、そして絢子《あやこ》先生だ。

校舎の西側で発見された骨格標本は、映研の持ち物だと判明した。先生たちは生物室の骨格標本を真っ先に見に行き、いつもと同じ場所にあるがこれはどうしたことかと頭をひねっていたらしい。斉藤の報告によって両者の材質を見比べてみたところ、校舎の西、花壇で見つかったものは簡易な品物だったという。生物室のものは学校に卸している業者から購入したものだが、映研のはネット購入だ。

「なんでうちが骨格標本なんて持ってるんだ？」

赤池《あかいけ》が斉藤に訊《たず》ねた。顧問も知らないのかよ、と突っこみを入れたかったが、そんな雰囲気じゃなさそうだ。オレたちの目の前には、教頭先生をトップとして、一年生から三年生までの学年主任と、一年生のほとんどの担任がいる。かなりの威圧感だ。

斉藤が口を開いた。

「僕の入学前なので細かいことはわからないんですが、去年、久遠寺《くおんじ》沙耶《さや》先輩が撮った映画、『Spend time together』で使ったんです」

「沙耶が買ったものだったの？」

絢子先生が言った。呆《あき》れた声と、怯《おび》えた声の、両方が交じっている。

「はい。購入に部費を使ったからって、残していかれました」

「管理はどうしてたんだ？」

一年生の学年主任が問うてくる。

「ずっとロッカーの中です。ロッカーに鍵《かぎ》はかかっていません。鍵は、部室の扉だけです」

「その扉の鍵が、撮影中はかけられていなかったということだね？」

富永《とみなが》が冷たい声で言った。富永はいつも淡々としていて感情がつかみづらい。でもかなり怒っているようすだ。オレたちのなかでは最もヤツと親しいユカリまで、縮こまっている。

「……カメラとか、高価なものは使用中だったし、個人の荷物はそれぞれが手元で管理していたし、閉めるほどじゃないっていうか、荷物を取りに行くたびに開け閉めするのが面倒でっていうか……」

「それは昨日に限らず、いつものことなのかな？」

富永がなお突き落とす。じゃない、念を押した。

斉藤は消え入りそうな声で、はいと答えた。

「申し訳ない！　自分の監督不行き届きです」

赤池が、ずらりと並んだ先生たちに深く頭を下げた。

ちょっと待てよ。たしかに骨格標本が盗まれたのは、鍵をかけていなかったオレたちの責任だけど……

「赤池先生、だけど僕らがあれを落としたわけじゃないんです。僕らは盗難の被害にあったほうなんです！」

斉藤が叫ぶ。紀衣が続けた。

「あたしたちは誰も、そんなもの屋上に持っていっていません」

そうなんだよ。なんでオレたちが吊《つる》し上げられなきゃいけないんだ。

先生たちが目を見合わせていた。しばらくの後、ここは自分がとばかりに一年生の学年主任が口を開く。

「昨日屋上を使っていたのは、きみたちだよね？」

次に視線を交わし合ったのは、オレたちだ。

えーと、ということはつまり。

「……骨格標本、屋上から投げられたってことですか？」

斉藤が訊ねた。

「ああ。屋上のフェンスの向こうに残っていたんだ。骨の一部が、……これは足だろうね」

富永がデジカメに写真を表示させて、斉藤に手渡した。オレたちも次々に覗《のぞ》き込む。

画面の中、フェンスの一部とコンクリートが写っていた。コンクリートには雨水の流れ道なのか、溝のように掘られたところがある。そこに、白く細い五本の棒と、さらに欠片《かけら》のようなものが落ちていた。オレも事故のときに自分の足のレントゲンを見たけど、それに似た形。

「掃除用の火ばさみで取り出したよ。花壇にあったものと、同じ素材だった」

富永が小さく息をつく。

「先生、でも私たちはなにもしていません。信じてください」

ユカリが富永を見つめている。

「屋上は、普段は鍵がかけられている。それは知ってるよね？　ここしばらく、きみたちの他には立ち入った人間がいなかったんだ」

富永の目はこころなしか優しくなったようだが、でも、きみたちを信じるとは言わない。

　ユカリが悲しそうな表情でなにかを言いかけ、つと呑《の》み込んで、また訊ねた。

「落とされたとされるのはいつなんですか？　鍵の話はいったん置いておいて、私たちが屋上にいる間だったんでしょうか？　今朝発見されたということは、昨夜、私たちが帰った後で落とされたということも、充分考えられるんじゃないですか？」

「残念ながら、わからないというのが正直な話だ。園芸部は土日に活動をしていない。土曜日に顧問の先生が水やりで行ったときには、なにもなかったとのことだ。昨日の日曜日は誰も見ていない。校舎を閉めるときに周囲を見回った先生も、生徒が残っていないかどうかを確認したぐらいで、花壇の中は覗いてないそうだ」

　富永の言葉に、ユカリがなおも反論する。

「だったら土曜の水やりのあとから今朝までのどこか、ということですよね。校舎の西側は、花壇と倉庫しかなく、あまり人が立ち入らない場所でしょう？　私たちだとばかりも言いきれないんじゃないですか？　斉藤くん、骨格標本を最後に見たのはいつのこと？　日曜日にはロッカーにあった？」

「日曜日は見ていない。最後は……えっと」

「しかし屋上に行ったのは君たちだけだ。鍵の話はいったん置いておく、なんてことはできない」

一年生の学年主任が重々しく告げた。

オレはかちんときた。

ユカリは冷静に、可能性をひとつずつ吟味しているんだ。それを頭ごなしに。

「ホントにやってねえよ、オレらは。そんな風に一方的に疑うってのはどうなんすか」

思わず大声になってしまった。毬が隣でうなずいている。

「本当です。信用してください。わたしたち、なにも知りません」

毬の色白の顔が、いっそう白くなっていた。

手を握って励ましてあげたい。いや、変な気持ちじゃなく、オレが毬を守ってあげなきゃいけない。そう思った。

「撮影に夢中になっている隙《すき》に、誰かが屋上に来たってことはないか？」

赤池が問う。

「わかりません。覚えてません」

斉藤が答えた。

「久遠寺さん、あなたは全員のようすを見ていますよね。誰も来ていない？　誰もひとりにならなかった？　他の子たちから離れて別の場所に行った生徒はいなかった？」

小田桐《おだぎり》が絢子先生のほうを向いた。

「え……、す、すみません。ちゃんと記憶してません……」

「困ったわね。ねえ、みんな。本当に誰も知らないのかしら。今なら怒らないし、穏便に済ませます。警察にも連絡しません。……他の先生方もそれでいいですよね」

小田桐がまわりを見回す。先生たちがばらばらと首肯するのを見て、さらに続けた。

だから正直に言ってください、と。

小田桐も蒼《あお》い顔をしていた。……気持ちはわからないでもない。毬は二組、迫田《さこた》は三組で穂積《ほづみ》は四組。そして残り五人が五組と、うちのクラスのメンツが多すぎる。他の先生にも責められてるんだろうな。学年主任なんて陰険なこと言いそうだもんな。

悪いな、小田桐。しかしオレは、今回は小田桐を守れない。嫌いになったわけじゃないんだよ。だけど毬の可憐《かれん》さには、小田桐も太刀打ちできないだろ？

重く静かな時間が過ぎたが、誰も返事をしなかった。

響が小さく手を上げる。

「本当に、わたしたちじゃありません。もしも誰かがわたしたちの撮影中にやってきて骨格標本を屋上から落としたとしても、わたしたちの誰かがやったとしても、音がします。そんなのありませんでした」

「騒いでいて気づかなかったんじゃないのかな」

学年主任が諭すように言う。

「でも、少なくともわたしたちには、落とす理由がありません」

響はなお反論し、斉藤もそれを受けた。

「僕たちだって問題が起きたら困ることぐらいわかってます。そんなバカなことはしません」

他には考えられないと言う先生たちと、違うと主張するオレたちは、平行線のままだった。やがて時間が来て、その場はお開きになった。


放課後、五組の教室に集まって撮影再開を待っていたオレたちの元に、斉藤が肩を落としてやってきた。

「ストップがかかった。撮影中止だ」

「いつまでだ？」

迫田が確認する。斉藤が首を横に振った。

「……ずっと。『あとでのこと』の撮影そのものが中止」

「屋上じゃなくて、別のところで撮影するということじゃダメなの？」

毬が訊ねる。うん、それでいいんじゃないか？

「いやそういうことじゃなくて、僕たちがいわば容疑者だからだ。絢子先生にも、これ以上関わらないようにって」

「どういうこと？　どうして絢子先生が？」

毬が悲鳴にも似た声をあげる。

「僕らのようすをちゃんと見ていなかったから。っていっても、それは絢子先生の仕事じゃないだろ。なのにその立場にさせてしまったこと自体が問題だって話もあるみたいで」

斉藤の返事に、穂積と迫田が不満を口にする。

「それ、映画と関係なくない？」

「俺らのようすを確認すべきは赤池じゃねえの？　ってか、つまり俺らが悪いってことか？　だけど映研も被害者だぞ」

「ともかくストップと、そう言われたんだ」

場を収めつつも、斉藤は納得していないようすだ。

「問題を起こしそうだから全部取りやめってことかよ」

オレの言葉に、だけど、と毬がつぶやく。

「わたしたち、絢子先生にすごく迷惑をかけたのね。教育実習、だいじょうぶかな……」

毬の目が潤《うる》んでいた。

「今回のことが問題になって大学に報告が行くとか、教育実習の単位がもらえなくなるとか、そういうことはないと赤池も言ってた。だけど、だからこそ絢子先生を巻き込んじゃいけないから、全面中止だそうだ。映研だけじゃなく、文芸部の活動に関わらせることも」

斉藤が重々しく告げる。

「え、うちもー？」

ユカリが声を上げた。

「骨格標本の件はどうなったの？　あれって本当に、映研にあったものだった？」

毬の問いに、斉藤は大きなため息をついた。

「多分ね。鍵の管理に関しては、言い訳のしようがないし」

「骨格標本を盗んだ犯人も落とした犯人も、わからないままなんだよな？」

オレが訊ねると、穂積が苦笑した。

「ボクたちってことになってるんじゃないのかな、先生たちのなかでは。鍵も含めての撮影中止ってことだよね。ホントは活動自粛にしたいところだろうけど、まだ容疑者段階だから、別の理由をくっつけての撮影中止、ってわけだ」

なんだよそれ。冗談じゃねえぞ。

2　宙太《そらた》

骨格標本落下事件の話は、昨日のうちに聞いていた。生徒による悪ふざけの可能性が高いから、警察への連絡は様子見となっていることも。

映研が関わっているということだったが、友樹たちがその場にいたとは知らなかった。僕も呼んでくれればよかったのに。容疑者になれるなんて滅多にない体験だったのにな。

そう言うと、四人は他人事《ひとごと》だと思って、と怒り出した。

おっと、四人じゃない。映研の斉藤がいる。このまま真犯人が見つからないと、映研はいつまでも疑われたままだ。人の噂《うわさ》の恐ろしさ、犯人かもしれないという疑いから、犯人に違いないとまでなりかねない。部員が少ないこともあって、下手すれば同好会に降格らしい。

そしてもうひとり、初めて見る顔がいた。篠島《しのじま》毬。紀衣たちから名前は聞いている。最近の友樹のお気に入りだと。たしかにかわいらしい。小田桐とはまるでタイプが違うけどね。今も友樹は、毬ちゃん毬ちゃんとしきりに呼びかけ、椅子《いす》の埃《ほこり》を払ってあげていた。毬のほうは誘われたからついてきたといったようすで、かすかな緊張感を色白の顔に浮かべている。

「南雲《なぐも》が暗躍したおかげで文化祭前のごたごたが収束したって、鷹端《たかばた》から聞いた。つきあってもらえないか？」

律儀《りちぎ》にも斉藤が訊ねてくる。

暗躍という表現にはひとこと申し述べたい思いもあったが、もちろんと答えた。

さて、普段は誰が来ようとどんな話をしていようと関心を持たない理科学部の先輩たちだが、今回の件は別だ。昨日はみな興味津々《しんしん》で、独自の、独自すぎる推理を興奮気味に展開していた。

もっともウケた回答がエイリアン・アブダクションで、人間と間違えて骨格標本を連れていこうとしたが、途中で気づいてUFOから放逐したというものだ。骨の一部が屋上で発見されたのは、空中で分離してバラバラに落ちたため。

そりゃないだろうと言われながらも、外に開かれた密室を解決するには、別次元のアプローチが必要だとその先輩は主張した。と、ここから四次元とは、多次元とはなんであるかという話になったのだけど、本筋には関係ないので省略。

外に開かれた密室。

矛盾した表現だが、屋上には鍵がかかっていたわけだから、地面に足をつけて歩く人間には立ち入ることができない。しかし空中なら思いのまま。ラジコンヘリで飛ばす、ハングライダーなりパラグライダーなりを使う、いやいや街中でそんなことができるか、動力装置を背中に付ければなんとかなるんじゃないか、などなど。費用や手間を無視した議論で、昨日は遅くまで盛り上がった。

というわけで、そんな理科学部員のいる物理室に彼らを招き入れるのは、狼《おおかみ》と羊を出会わせるに等しい。

だが幸い、早朝の物理室には人がいない。理科学部で管理している風力発電機のデータは自動で記録されており、担当者のチェックは放課後だ。僕は顧問から鍵を借り、それでも用心して六人を物理室に通した。

ユカリと友樹が、今までの話を教えてくれた。最後に生徒指導室での経緯を説明した斉藤が、強い口調で主張する。

「僕らのせいで顧問の赤池も怒られた。始末書を提出するはめになるかもしれない。けど、僕らは絶対に、骨格標本を落としてなんていない！」

「気持ちは理解できるよ。だけどそれぞれ別の話だよな。わけて考えようよ」

僕の発言に、友樹が首をひねる。

「なにがどう別だ？」

「部室の鍵の管理が甘かったこと、部室に置いてあった骨格標本が盗まれたこと、骨格標本が屋上から落とされたこと、だよ」

「たしかに。悪いのは盗んだ人であって、映研は被害者だものね」

紀衣が言う。

「赤池先生の始末書は、部室の鍵の管理に起因するものだよな。生徒に任せっぱなしにしていた。生徒、つまり斉藤くんたちも適当だった。それは事実だから受け入れるしかないよ」

「わかってる。でも活動後は閉めて帰るし、財布とか貴重品は置かないんだけどなあ。あそこにあるものって、僕らにとっては必要だけど、正直、他の連中には」

「ゴミね」

言及を避けた斉藤に対し、ユカリが冷たく言い放った。ユカリはもともとクールなほうだけど、今朝はそれに加えて、苛立《いらだ》っているような口調だ。

「もう少し細かく聞こう。日曜日、部室の鍵は、朝開けてから帰るまで、そのままだったんだな？　その間、みんなは別の場所にいたと。正確な時間はわかる？」

僕の質問に、斉藤が口を開く。

「午前十時前から夕方六時まで。僕の塾があって、六時には解散とさせてくれって話になってたんだ。僕らがいたのは、つまり撮影していたのは、グラウンドと、二階の廊下と管理棟への渡り廊下、一年五組の教室、そして問題の屋上だ。屋上にいたのは、二時半ぐらいから五時すぎかな。都度都度に、僕ら映研の人間が、必要なものを部室に取りにいっている」

「そのとき、部室でなにか変化は？」

「ない。というより覚えていないと穂積も迫田も証言している。僕もそうだ」

「っていうかあの部屋さー、なにかなくなっててもわからないと思うぞ」

友樹が言った。斉藤が苦笑する。響と毬が互いの顔を見合わせ、小さく笑った。

残りのふたりが無表情。ということは、紀衣とユカリは入室したことがないわけだ。

なるほどね。

「部員や出演者、見学者のなかで、撮影の場を離れた人間はいるか？」

「宙太。オレらを疑うのかよー」

友樹が声を上げた。

「念のためだよ。ひとつずつ確認しておかないと。もちろん、久遠寺先生も含めてだよ」

「絢子先生？　どうして？」

ユカリがそう言うが、僕は首を横に振る。

「映画をご破算にできるからだよ。さっきみんなから聞いた話によると、久遠寺先生は原作の改変を快く思ってなかったみたいだ。押し切られてＯＫを出したものの、やっぱり撮ってほしくないと考えて非常手段に訴えた、そういう理由もアリじゃない？」

「考えすぎだと思うけど」

紀衣がぼそりとつぶやいた。

しばらく考えていた斉藤が口を開く。

「誰がどこにいたか、把握できないな。絢子先生と土門《つちかど》さんと汐見《しおみ》さんの見学者三名は、バラバラの時間にやってきた。出演者とスタッフは比較的まとまって行動してた」

斉藤が言う。僕は首を軽く振った。

「トイレに行ったり荷物を取りにいったりはあるんじゃないか？　さっき、映研のメンバーは都度都度で部室に入ってるって言ったろ。三人はセットで動いてはいないよな」

「もちろん。って、そんな短い時間の話か？　なら、いくらでもあるよ。昼メシも、家から持ってきたり、外に買いに行ったりと、人によってバラバラだったし。いっそう把握できないな」

「ああ、お昼ご飯。たしかにそこなら隙をみて部室から持ち出せるかもね。でも屋上の鍵は、まだかけられている時間だよ」

響が言う。うん、と僕はうなずいた。

「第一段階として、まずどこかに骨格標本を隠し、素知らぬ顔で戻ってくる。第二段階、骨格標本を屋上に移動させる。第三段階、屋上から落とす。それぞれを区切っていけば全員に犯行が可能となる」

えー、とみんなから不満の声が上がった。

「犯行が不可能なことを立証しろよ。可能にしてどうするよ！」

友樹がむくれながら言った。

ごめんごめん。だけど順に考えていかないと。

「骨格標本を屋上に持ってきたら目立つと思う」

と響。僕は続ける。

「そうだね。他の人が邪魔だ。帰りは一緒に帰ったのかな？」

「全員が帰った後で屋上に戻った人間はいないか、ってことね」

ユカリが補足してくれた。

「うん。骨格標本はすでに部室から出ている。だから必要な鍵は屋上のものだけだ。校門が閉まるまでは」

「赤池に確認した。日曜日、帰宅を促す放送が六時半過ぎに流れ、生徒は七時前に帰ったようだけど、先生たちは模試の後始末で八時ぐらいまでいた。七時前に残っている生徒がいないか校舎を回って確かめてから鍵を閉め、最後に再び校舎の周囲を回って校門を閉めて帰ったそうだ。ただし、花壇には注目しておらず、その時間に骨格標本があったかどうかは不明だ」

斉藤が報告する。

「あたしは水泳部の先輩に呼び出されてみんなとは別行動」

「紀衣。きみは取りあえず容疑者のままだ」

ひどい、と紀衣が唇を突き出す。

響がおずおずと手を上げた。

「わたしも帰りは徒歩だから、容疑者のままかも」

「響は家が近いもんな。後から戻ってくることもできるし」

「そういう友樹はどうなんだ？」

僕が問うと、友樹が得意そうになった。

「オレは斉藤と同じ路線だ」

「同じバスには乗ってないだろ。鷹端は篠島さんを誘ってたじゃないか」

視線の集まった毬が、困ったように首を横に振る。

「あの、わたし、自転車だからと断りました」

「というわけでオレは、いったんは斉藤と別れたが、同じバスに乗ってるんだ。三年生が多くて混み合ってたけど、中で斉藤の姿を見たぞ」

友樹が言った。

「声をかけときなよ。そうすればアリバイが証明できたのに。……ということは、斉藤くんも毬ちゃんも友樹もアリバイなし、と」

ユカリが指を折って確認する。友樹は不満げに言った。

「納得いかないなあ。ユカリ、おまえは？」

「実は私もない。……あのあと図書室に行ったのよね。開いていないことはわかってたけど。帰ったのは友樹たちより一本後のバスだと思う」

ユカリの目当ては文芸部顧問の富永だ。もしかしたら不機嫌の原因は彼かな？　まあ今はスルーしておこう。僕はさらに訊ねる。

「久遠寺先生は？」

「職員室に戻った。そのあと少ししてから帰ったそうだ。迫田と穂積もアリバイはない。バスの路線が別なんだ」

斉藤の言葉に、紀衣がためいきをつく。

「もう。あたしたち、全然犯行不可能にならないじゃない。ヤバすぎ」

「アリバイに関しては、ね。でも問題は鍵だよ。誰が屋上の鍵に接することができたか」

僕は笑ってみせた。毬も言う。

「……そう、ですよね。わたしたち、鍵を持ってないんだもの。なにもできません」

「屋上の鍵は、金曜と日曜に、斉藤くんが赤池先生経由で借りたんだよな？　どんな鍵だ？　手元から離したことは？」

「普通の鍵だ。ずっとズボンのポケットに入れていた。誰かに渡したりもしていない」

斉藤が真剣な顔で断言する。

「普通って？　街中の鍵屋でコピーが作れるようなものってこと？」

僕の問いに友樹がうなずく。

「オレも見たけど、ギザギザした単純な鍵だったぞ。粘土とかに押し付けて型取れそうなヤツ。ってことは一番怪しいのが……」

「よせよ鷹端。僕は作ってないって」

「粘土はともかく、鍵を借りたことのある人間ならコピーを作れるわけだな」

僕も突っこむ。

「でも借りるには申請書を書かされるぞ。赤池によると、先生たちはそいつをもとにして、去年鍵を換えて以降に屋上に立ち入った人間から聞き取りをしているらしい。でも合鍵を作るほどのヤツが、訊ねたぐらいで白状するわけないよな」

斉藤が肩をすくめる。

響が首をひねった。

「鍵を換えたのは去年なの？　そういえば絢子先生が、自分が風高生のころは立ち入り禁止じゃなかったって言ってたよね」

「それは去年、屋上で事故があったから。その話、聞いたことない？　私も昨日、先輩から教えてもらってはじめて知ったんだけど」

ユカリが重々しく言った。斉藤が、ああ、と声を上げた。そして続ける。

「沙耶先輩に聞いたことがある」

僕も昨日、先輩たちから聞かされたところだ。

犯人は幽霊、もとい生霊《いきりょう》だ、というトンデモ推理とともに。

昨年の夏前まで、屋上への立ち入りについては、うるさく言われなかったらしい。フェンスは寄りかかる程度では落ちない高さがあるし、その外側にも少し余裕がある。ところが昨年の夏休み前、誤って落ちた生徒がいたそうだ。ところによって、当時の生徒会副会長の酒井《さかい》博史《ひろし》がだ。

僕は一度、酒井先輩と話をしたことがある。国際理学科で毎年行われる夏季セミナーのレポートに、アドバイスをもらったのだ。説明は簡潔ながら丁寧で、先生に対するユーモアまで含まれていて、とてもわかりやすかった。あとで聞いたところによると、酒井先輩は今年の国際理学科の文系志望者の中でトップだという。

その彼が、足を滑らせて屋上から落ちた。

場所は一般教室棟の屋上から、管理棟へ向けての渡り廊下の屋上の、境目ぐらいのところだ。一般教室棟は三階建てだが渡り廊下は二階建てと、一階分低くなっている。

酒井先輩は、一般教室棟の屋上からフェンスを乗り越え、梯子段《はしご》を下って渡り廊下の屋上に移動しようとした。しかし渡り廊下の屋上は、生徒が立ち入る想定では作られていない。一般教室棟との間を繋《つな》いでいる梯子段も、保安管理のためにあるだけで、使用には本来、命綱が要る。渡り廊下の屋上に風力発電機が設置された際に、入り口となる管理棟三階、図書室のそばのガラス戸から風力発電機を含む一角にフェンスが設置されて一定の安全を確保したが、渡り廊下の屋上全体を囲ったわけではなかった。

酒井先輩は梯子段から降りる際、勢いをつけすぎていたのだろう。風の強い日だったことも災いし、ふらついたのかもしれない。だがその下に位置する中庭の、低い植栽でワンバウンドし、芝生へと落ちた。なんとか捻挫《ねんざ》と打撲だけで助かったそうだ。

中庭にいた生徒がすぐに教師を呼びに走り、昇降口や渡り廊下にいた人たちも集まってきた。理科学部の先輩たちも渡り廊下にいたらしい。大きな窓の向こうを人が落ちていくものだから、びっくりしてみんなで中庭に下りたと興奮して話してくれた。

今回、謎《なぞ》解きに盛り上がっているのは、そのせいもあるんだろう。

なにがあったんだという周囲の質問に、酒井先輩は落ちたショックで記憶がないと答えた。どこからどう落ちたかもわからないという。ともかくと本人は病院に運ばれ、その後、目撃者の証言で状況が見えてきた。

どうやら酒井先輩は、誰かと諍《いさか》いになっていたらしい。その誰かから逃げようとして、梯子段から降りて渡り廊下の屋上へと向かった。しかし焦《あせ》ったのか段の途中で飛び降り、着地に失敗してよろけて落下。諍いの相手が誰だったのか、酒井先輩は覚えていないと繰り返していたが、やがて本人が申し出た。同じ中学出身の、飯田健太郎《いいだけんたろう》という男子生徒だ。酒井先輩と同級の二年生だった。

飯田先輩は言った。屋上に酒井がいるという情報を得て捜しにいったところ、酒井が女子生徒と言い争っているところに遭遇した。いやあれは襲っていたと言っていい。女子生徒は悲鳴を上げ、助けてと叫んでいた。自分は彼女を助けようと、とっさに持っていたバスケットボールを投げ、さらに酒井に詰め寄って諍いになった。もみあいの後、酒井が逃げて、その後事故が起きた、——と。

酒井先輩はそんな女子生徒はいなかった、と反論した。ただし飯田先輩の話を受けて、諍いがあったことは認めた。

飯田先輩が酒井先輩を突き落としたわけではないことは、目撃証言からわかっていた。しかし飯田先輩がその場から逃げたことが問題になり、あわよくば黙ったままでいようと思ったのではとか、女子生徒云々《うんぬん》の話は嘘《うそ》だったのではとかいう話になった。先生たちがその女子生徒を捜したが、見つからない。飯田先輩も、顔を見ていないし何年生かもわからない、と言った。自分が酒井にボールをぶつけてすぐに女子生徒は逃げた。うつむいてシャツの前を両手で押さえながら走っていった。それが女子生徒に関する飯田先輩の話のすべてだ。だったらボタンか何かが落ちているのではと屋上を捜したが、なにも見つからない。ボタンは風で飛ばされたのではないかと飯田先輩は言う。

酒井先輩と飯田先輩との仲は、良くはなかった。ふたりは一年生の終わりに、所属していたバスケ部で対立していた。飯田先輩は別のトラブルを起こし、その後、部をやめている。酒井先輩も生徒会の副会長への就任を期に退部した。そのタイミングで飯田先輩が復部しようとしたものの、二年生に代替わりした新部長に対し、よしたほうがいいと酒井先輩が進言したという噂だ。飯田先輩が酒井先輩を捜していたのは、その件で話があったからだという。

飯田先輩は、夏休みの突入とともに学校をやめた。

「ちなみに飯田先輩が起こしたトラブルというのは、学校に無断でアルバイトをしたというものだ。風高は許可がいるからね。屋上に持ってきたバスケットボールも体育準備室から勝手に持ち出したものだったり、遅刻の数が多かったりと、ちょっとばかりルーズなところのある生徒だったみたいだ」

僕の言葉に、ユカリが続けた。

「酒井先輩のほうは、成績もいいし、先生のウケもいいものね。酒井先輩の主張が通った形になったのは、バイアスがかかったってこともあるんじゃない？」

「相変わらずユカリはシニカルだなあ。否定しないけど。ただ、理科学部の先輩たちによると、酒井先輩がモテてたことは事実らしいよ。内緒でつきあってる子がいるって噂もあったし、ふたりきりで屋上に行くような女子生徒がいないとは言いきれない。だから先生たちも調べたわけ。でも誰も先生の調査に自分だと申し出る子はいなかった。で、飯田先輩の話のほうが嘘だととられた」

「疑われたひとりが沙耶先輩だ」

斉藤が言った。

「えー？」

幾つもの声が重なった。

それは僕も知らなかった。文系と理系のトップ同士のカップル？　いったいどんな話をするんだろう。

僕らの興味津々の表情に、いやいやと、斉藤が手を横に振る。

「カノジョとかじゃない。逆だよ逆。映研絡《がら》みでバトルしてたんだ。生徒会はふたりしかいない映研を同好会に降格させようとしてたし、補助金のことでも対立してた。ただ、沙耶先輩にとっては、疑われたことも武勇伝のひとつだ」

すごい。そっちもそっちで見てみたい。さぞ面白いディベート合戦だろう。

「ふたりというのは沙耶先輩と、去年の秋に受験勉強を理由にやめた同級生の人だよね？　名前は？」

ユカリが細かく確認する。

「守屋瞳《もりやひとみ》先輩。最後に沙耶先輩と一緒に映画を作ったんだ。最高にすばらしい、ふたり芝居の映画だ。僕は去年のバザー会に入れてもらってそれを見て、映研に入部したいと思ったんだ。切ない友情物語、消えていく時間、そして消えない思いが――」

「斉藤、語るな。長くなる」

友樹が止める。

毬が小さく笑った。

「話、まとめていい？　つまり去年の屋上の事故の結末は、飯田先輩って人が嘘をついていると疑われたまま去り、女子生徒がいたかいなかったかはわからずじまいってことだよね。以来、屋上への立ち入りが厳しくなった、と」

紀衣が言う。僕はうなずいた。

「飯田先輩犯人説が、うちの部で出てた。本人、および幽霊や生霊までもね」

「どこにいるんだよ、そいつ。調べようぜ。とっちめてやる」

友樹が言う。彼が在籍していれば三年生だから、どこかの高校じゃないだろうか。それとももう、学生ではないのかな。

「消えた女子生徒だって犯人候補じゃない？　なにか恨みや言いたいことがあるのかもしれない。それが誰なのか、酒井先輩の口を割らせて、その人にも確かめなきゃ」

紀衣が続けた。

「でも、どちらの人がやったにしても、鍵がなきゃ屋上に入れないよ。問題の鍵は、事件の後で換えているんでしょう？」

響が疑問を投げかけ、みんながそういえばとうなずいた。

「酒井先輩を問い詰めるっていっても、去年すでに先生が訊《き》いていて、知らないと答えている。僕らが質問しても答えは変わらないだろう。もちろん、その女子生徒が存在していない可能性もある」

「宙太は彼女の存在自体を疑ってるわけ？」

ユカリに問われた。

「わからない、と言ってるだけだよ。判断する材料が足りない」

「ちょっと待ってくれよ。今は骨格標本が落とされた話をしてるんだよな？　酒井先輩もその女子も関係ないだろ？」

斉藤が言う。僕は首を横に振った。

「関係はある」

「どうして」

僕は微笑《ほほえ》んで、全員の顔を見回した。

「もし僕が骨格標本を落とそうとするなら、廊下の突き当たりにある窓から投げる。窓はクレセント錠だ。半回転して開けるだけで鍵はついていない。そちらからのほうがずっと楽だし、誰にでもできるから、犯人を絞りきれない。なのにこの犯人はわざわざ、鍵のかけてある屋上から落とした。それによって犯人候補が狭められてしまうにもかかわらず」

「あ！」

紀衣の表情が引き締まる。

「つまり犯人の目的のひとつは、屋上から落とすこと」

「屋上に注目させるために……？」

ユカリが言った。そう、と僕はうなずく。

「酒井先輩の事件は、無関係とは言い切れない」

なるほど、と斉藤がつぶやいた。さらに言う。

「ひとつは、っていうからには他にも目的はあるんだよな」

「当然、骨格標本もだ。そちらにも注目させたかったはずだ」

3　紀衣

映研の部室に立ち入ったこともないあたしやユカリが、どうして疑われなきゃいけないわけ？

そう怒っていると、宙太が部室を見せてくれと言い出した。あたしもすかさず手を上げる。じゃあ昼休み返上で、ということになり、チャイムと同時に行動した。毬は四時限目が体育だから、時間があったら行くと言っていた。

斉藤がポケットから鍵を出したときには、驚いた。

「いつ赤池先生に借りに行ったの？」

あたしがそう問うと、斉藤は慌《あわ》ててあたしたちを部室に押し込んだ。五人プラス斉藤で合計六名。狭い。暑い。体育会系の部室とは別の意味でむさくるしい。なにここ。モノだらけじゃない。

「内緒だぞ！　赤池がなかなか捕まらないから、鍵は借りっぱなしになってるんだよ」

斉藤が焦った声で言った。

「それは以前も聞いたって。でも昨日、そのいいかげんな管理を責められて、先生に鍵を返さなかったか？」

友樹が問う。

「返した。……オリジナルは」

はあぁ？　と全員が問い返した。斉藤は人差し指を唇に当てる。

「大きな声を出すなって。コピーを作ってあるんだよ。赤池はときどき、思い出したように返せって言うからさ」

ユカリがため息をついた。

「斉藤くん、今、あなたの容疑者確率、ものすごく上がったってわかってる？　部室の鍵のコピーを作る人間なら屋上の鍵だってコピーを作るだろう、そう思っちゃうんだけど」

「わかってる。でもそっちは作ってないよ。本当だ」

斉藤が手を激しく左右に振る。

宙太が、固まった表情のまま目をしばたいていた。

「僕のさっきまでの推理が崩れる音がする。ここに入れたのは、鍵が開いている時間だけじゃなかったのか？　……確認させてくれ。ここの鍵のコピーを持ってるのは、きみと、迫田くんと穂積くん？」

「一本しかもらわなかったから僕だけのはずだけど、彼らに渡したこともあるから、コピーを取っていないとは言いきれない」

斉藤の返事に、宙太が表情をますます強張《こわば》らせる。

「今、もらった、って言ったか？　誰からだ？」

「沙耶先輩。作ったのは沙耶先輩なんだよ」

宙太が天を仰ぐ。背が高いだけに天井が近そう。……いやロッカーの上や収納棚の上に段ボールが積んであって、あたしでさえ圧迫感がある。

「容疑者が増えたってことね」

ユカリが突っこむ。宙太がユカリを横目で睨《にら》んだ。

「沙耶先輩の映画で骨格標本が使われているんだから、関係者のひとりではあるんだよな。彼女が鍵のコピーを今も持っているなら、どのタイミングででも骨格標本を持っていける。あとは屋上の鍵だけ。最強のカードだ」

気を取り直そう、と宙太は骨格標本の入っていたロッカーがどれかを訊《たず》ねた。斉藤が案内する。ロッカーの中はぽっかりと空いていた。

「指紋は気にしなくてもいいの？」

あたしが問うと、斉藤はうなずいた。

「僕は、ここに骨格標本がないことを発見したときにも触ってるよ。先生たちも入れ代わり立ち代わりやってきていたし、もう指紋なんて意味がないんじゃないか？」

「警察、呼ぶ気ないみたいだしなー。オレたちがやったと決めつけてるんじゃねえの」

友樹が言った。

「それにしてもすごい部屋。図書準備室も本だらけだけど、本は形が決まっている。分類もそれなりにしてる。でもここ、いろんなものを詰め込みすぎてワケわかんない」

あたりを見回しながら、ユカリが苦笑した。

「このぬいぐるみも形が崩れちゃう。かわいそう」

響がそう言って、隙間にぎゅうぎゅうと押し込んであるぬいぐるみをひっぱりだす。

「空きスペースに避難させてやれよ。……ともう入ってるか」

友樹が三段になっているゴミ箱を開ける。中に黒と黄色の縞々《しましま》のロープが見えた。

「ゴミ、置いたまま?」

「それはゴミじゃない! そのうち使う! 全部そうだよ」

あたしのつぶやきに、斉藤がキレ気味に答えた。ごめん。責めすぎたみたい。

でももっと責め立てようとばかりに、宙太が笑顔になった。あいつ、絶対Sっ気がある。

「このロッカーから骨格標本が盗まれたってことだよな。大きさと重さはどのぐらい?」

「一六〇センチってとこ。割と軽いよ。六、七キロのはずだ。立てるためのスタンドがついていて、それは残ってる。ほらそこに」

斉藤が答えながら、ロッカーの向こう側を指した。たしかに棒のようなものがあるが、積まれた段ボールと収納棚の間に挟まっていて、そうだと言われなければわからない。

「抱いていけば、女性でも動かせるかな」

宙太がうなずく。

いやいやとあたしは首を横に振った。響も同じようにしている。ユカリは考え込んでいた。って、考えないでよ。そんなの抱きたくない。

「折り畳み式の台車がある。そっちのそれだ」

斉藤の示した先には、二つに畳まれた台車があった。なんでもあるなあ、ここ。

「そんなのに載せたら目立つだろ」

「骨格標本のほうが目立つよ」

友樹と宙太が言い合っているところに、斉藤が口を出した。

「去年の夏前に、沙耶先輩が映画を撮っていたときも、けっこう目立ってたみたいだ。最初はみんなに驚かれたって言って笑ってた。でもすぐに、沙耶先輩ならやりかねないって雰囲気になったそうだけど」

「つまり映研が骨格標本を持っていると知ってる人間はかなりいるんだな？」

宙太が腕組みをする。

「どういうことだ？」

斉藤が首をひねる。

「一、あくまで映研の骨格標本を落としたかった。二、本当は生物室のものを使いたかったが鍵《かぎ》が開いていなかったか重すぎたかで映研のものにした。そのどちらだろうと思っていたんだ。でもそれには、映研の部室に骨格標本があると知っていることが前提だ」

「たしかに」

宙太の答えに、斉藤がうなずく。

「二年生以上なら知っている、もちろん先生たちも、と考えていいかな」

宙太がさらに訊ねた。

「沙耶先輩の映画は今年の文化祭でも上映したから、一年生でも知っている人はいると思う」

「こうやって、映研が部室に荷物を溜《た》め込んでいることは、どれだけ知られてるんだ？容疑者の候補を考えてるんだけど」

「クラブハウスの利用者ならたいてい知ってるんじゃないか？　台車を借りに来るヤツも各部にいるし」

やめてくれー、と友樹が叫んだ。

「増やすなよ、容疑者。なあ、宙太。普通は容疑者を絞っていくもんだろ。おまえ明らかに増やしてるぞ。おかしいだろ」

「おかしくない。容疑者を絞った後で、実は抜け落ちてました、ってのを回避するためだ。それに屋上の鍵の問題がある。無限には増えない」

はい、とあたしは大きく両手を上げる。

「あたし知らないもん！　映画も見てないし、ここに骨格標本があるなんて知らなかった」

「自己申請、ありか？」

斉藤がげんなりした顔であたしを見てきた。

「朝、物理室でこの部室の話をしていたとき、紀衣とユカリだけがきょとんとしていた。僕もふたりが知らないことはたしかだと思ったよ」

宙太が言った。

「よかった。私も除外！」

ユカリがほっと息をつく。

でも宙太、それに気づいていながら言わないのは性格悪いよ。朝はあたしたちにもアリバイがないって言ってたじゃん。

「その話でいくと、わたしと友樹くんはまだ容疑者なんだね。毬ちゃんも、絢子先生も。でも屋上の鍵は触ってもいないよ。容疑者から外してもらえない？」

響が唇を尖《とが》らせる。

宙太が苦笑した。

「紀衣とユカリを外したといっても、全員がグルというパターンを除けば、だよ。先生たちはそれを疑ってるわけだろ？」

「こらーっ！」

友樹が宙太の首を絞める。

「だから慎重に進めないとってことだよ。先生たちに反論の余地を与えないためには、真犯人を見つけて疑いを解かなきゃいけない。それがベストにして唯一《ゆいいつ》の方法だ」

「……僕が一番怪しい人物だということが、どんどん明白になっていくんだが」

斉藤が深いため息をついた。

宙太が言った。

「まあまあ。斉藤くんじゃなくても、屋上の鍵があれば犯行は可能なんだから。ところで問題の骨格標本が見てみたい。沙耶先輩の作った映画に写ってるんだよな？」

斉藤がDVDやCDケースが並ぶ棚を捜しはじめた。これまた山ほどある。CDの奥にはビデオテープもあった。うちは引越しのときにビデオデッキを捨ててしまったっけ。業者に頼んでビデオテープの中身をDVDに焼いてもらった。

「あれ？　おかしいな」

そうつぶやいた斉藤が、棚のDVDをざくざくと出しはじめた。ただでさえ狭い床にDVDの山が作られている。

「なにやってんだ？」

友樹が問う。

「沙耶先輩の映画がないんだ。変だな、たしかこの二段目にあったのに」

DVDは、パッケージが印刷された市販の映画もあれば、透明なケースに手書きや印字でタイトルが書かれたものもあった。かと思えば文化祭で上映された斉藤の映画に凝ったジャケットが巻かれていて、タイトルだけでは世に出回っている映画なのか、映研で作った映画なのかわからない。

「手伝うね。タイトルはなんていうの?」

響が床に膝《ひざ》をつける。ユカリも寄っていく。

「青空と校舎の写真がケースに差し込まれていて、『Spend time together』ってタイトル。together の文字が空に消えかけてるんだ」

Spend time together. 共に時を過ごすという意味だ。学園ものかなにかかな。

結局、毬は来なかった。宿題の話で友だちと盛り上がってしまい、抜けられないとメッセージが届いた。でももう、あたしたちがやっていることは、ビデオの捜索だ。一枚一枚、パッケージと中身を確かめたけど、『Spend time together』は見つからない。

「犯人は骨格標本だけじゃなく、沙耶先輩の映画も一緒に持ってったのかな。いったいなんに使うんだろう」

斉藤が不思議そうに言う。

「最後に見たのはいつなんだ?」

宙太が確認している。

「確実なのは文化祭。……いや、夏休みの途中、沙耶先輩が個人の荷物を引き取りに来

て て、そのときに棚を整理した。『Spend time together』はたしかにあった。だからそれが最後だ」

「ねえ、そういえば金曜日に、なにか別の映画もないって言ってなかった？」

響が訊ねた。あ、と友樹も声を出す。

「三人主役だとか、毬ちゃんに貸すとか貸さないとか、そんな話をしてたよな」

「そうだ。『シカゴ』を貸そうって言って、なかったんだ。……ってことは、え？　どういうことなんだ？」

斉藤が棚と床を見て、困惑の声を出した。棚はすっかり歯抜けで、床にもいくつかの山ができている。

斉藤は迫田と穂積も呼び出し、放課後、手分けして棚の中身を確認し、他にもＤＶＤがなくなっていることをつきとめたという。念のため、沙耶先輩にも借りていってないか訊ねた上で、赤池先生に報告したらしい。

部室の鍵の件は、ごまかしたままだ。取ってきたいものがあると言って赤池先生に鍵を借り、その際にはじめて気づいたふりをしたとか。

『Spend time together』以外になくなっていたのは、『シカゴ』『２００１年宇宙の旅』『もののけ姫』、エトセトラエトセトラ。時代もジャンルもバラバラの名画で、特別編集版やメイキングなどのおまけが入ったものだった。赤池先生は、部室を開けっ放しにしている間に誰かに持っていかれたんじゃないかと言い、返却をうながす連絡を掲示板に貼《は》り出すと約束したそうだ。

斉藤は言った。

「容疑者だけじゃなく事件も増えた」

と。

4　響

——骨格標本が映研の部室から持ち出され、屋上から落とされたこと。

——映研の部室から複数のＤＶＤが盗まれたこと。

——去年の酒井先輩の落下事故のこと。

その三つは繋がっているのか、関係のないことなのか。宙太はしばらく考えていたけれど、調べてみなきゃわからない、と言った。

どうやって？　と訊ねたら、本人に突撃取材だと笑う。

無理。わたしにはとても無理。

なのに。

「すみませーん。こちらに酒井先輩がいらっしゃると伺ったんですが」

翌日の放課後、管理棟の二階にある生徒会室を訪ねた。三年生の教室で、ここにいると教わったのだ。

サポートするからねと宙太がついてきてくれたけど、宙太ひとりでじゅうぶんじゃない？

そう愚痴ると、僕は外野じゃないか、と言われた。

響ちゃんたちにはかけられた疑いを晴らすという大義名分があるけど、僕にはない、と。そう言われると弱い。

生徒会室は、入り口が開け放たれていた。

ノックして部屋に入る。奥の長机で女子生徒がひとりと男子生徒がふたり、書類を前に話をしていた。女子が生徒会副会長、一方の男子が現在の会長で、残るひとりが酒井先輩だ。入学後の上級生との対面式や、文化祭などで見たから顔は知っている。背、高かったっけ、低かったっけ。今は座っていてわからないけど、痩《や》せ型なのはたしかだ。穏やかな声でふたりになにかを教えていて、話が終わるまで声をかけられそうにない。

「座ったら？　ムク。しばらくかかると思うよ」

理子《りこ》の声がした。

突然呼びかけられて驚いたけど、理子は書記なんだから、ここにいても不思議はない。文化祭後に行われた生徒会の役員選挙で全メンバーが改選となり、定員二人の書記と会計は、綺麗《きれい》に一年生と二年生ひとりずつとなった。

理子は文化祭の後ぐらいから、再びわたしをムクと呼んでいる。一緒に行動することはなくなったけれど、体育などで同じグループを作ることもある。ごく普通のクラスメイト、そのぐらいの距離だ。

わたしはありがとう、と返事をして、手前の椅子《いす》に座った。宙太も軽く頭を下げ、腰掛ける。

「どうも、市場《いちば》さん。ひさしぶり」

「七組の南雲くんだよね。どうかしたの？　私も話が終わるのを待ってるんだ。誰に用？　私は会長。先に話させてくれる？」

理子は生徒会長たちに迷惑にならないよう小声ながらも、きびきびと要点だけ述べていく。

「わたしたちは酒井先輩。被《かぶ》らないから安心して」

そう、と理子がうなずく。

「今でも頼りにされてるのよね、酒井先輩。いろいろ手広くやってたし」

「手広くって？」

「知らないの？　生徒会主催のボランティアはみんな酒井先輩が主導してたんだよ。地震や水害の際に人集めしたり救援物資を送ったり、去年は文化系の部活をまとめてバザー会を催したり。生徒会長よりずっと活躍してた。悔しいけど、今年の役員じゃあそこまでできないんじゃないかって声もある。それだけやってても成績はトップだし」

理子の瞳が、尊敬に輝いていた。

「成績の話は聞こえてきてるよ。この間も、レポートのことでお世話になった」

「レポートってなんの？」

宙太の言葉に、理子が妙に食いつく。

「国際理学科の夏季セミナーでちょっとね」

「参加してみたかったのよね、それ。毎年恒例の三泊四日の合宿だっけ。でも普通科の子は出られないって言われた。がっつり勉強したんでしょ？」

「泊まり込みの勉強漬け。座学もありディスカッションもありで、かなりハードだった。最後に試験とレポートの提出だ。そのうえ、教育委員会に提出するから推敲《すいこう》して出し直せと言われた。で、経験者の酒井先輩にアドバイスをもらったんだ」

「羨《うらや》ましい」

自虐《じぎやく》めいた微笑みを、理子が浮かべる。

理子の第一志望は国際理学科のほうだったのか。言われてみれば、納得できる。

「でも高校はただの中間地点だから。いい大学に行ったほうが勝ち。そう思わない？」

濃い眉《まゆ》と挑戦的な目が、宙太を正面から見ていた。この話題、わたしは眼中に入っていないみたい。

宙太が苦笑する。

「そ、そうだね」

「授業についていけなくてドロップアウトしてしまう人もいるって聞く。国際理学科のほうは特に」

「……うん、まあ。でも一年生は今のところだいじょうぶ」

「南雲くんはずっとだいじょうぶそうじゃない？」

ははは、と宙太が乾いた笑いで応じ、助けろとばかりにわたしをちらちらと見てくる。

どうすればいい？　なにか別の話題、別の話題。

頭を巡らせていたら、タイミングよく酒井先輩たちの話が終わった。理子は宙太との話をすっぱり切って勢いよく立ち上がり、生徒会長の前に飛んでいく。わたしたちも帰り支度の酒井先輩をつかまえた。

「すみません。一年の南雲です。この間はレポートの件でありがとうございました」

「ああ、こんにちは。うまく書けた？」

「おかげさまで。……あの、それとは別にお伺いしたいことがあるんですが、少しお時間をいただけませんか？」

「いいよ」

酒井先輩が軽く答えて周囲を眺めた。生徒会長と理子が話している。笑い声が大きい。

「できれば外のほうがいいんですが」

宙太が水を向けると、酒井先輩も同感だとばかりにうなずいた。


わたしたちは一般教室棟と管理棟の間の中庭に酒井先輩を誘った。目の前には屋上に風力発電機を載せた渡り廊下。足元は芝生で、つまりは去年、酒井先輩が落ちたあたりだ。邪魔が入らずに話ができる場所はどこでしょうね、なんて言いながらここにきたのは、もちろん宙太の作戦だ。

「用があるのは南雲くん？　それともきみのほう？　一年生……かな？」

酒井先輩がわたしを見てにっこりと笑う。

感じのいい人だな、というのが改めて観察した印象だ。今の笑顔で、さらにそれは強まった。女子の人気が高いというのもわかる。身長も、宙太より低いけれど、充分あるほうだ。

「一年五組の椋本《むくもと》響といいます。えっと、……うちのクラスに久遠寺絢子先生が教育実習にいらしてるんです。三年生の久遠寺沙耶先輩のお姉さんです」

「へえ、そうなの？」

酒井先輩が戸惑ったように首をかしげる。

「先生の本を原作にした映画を撮ることになって、わたしも参加してるんですが、骨格標本の落下事件があってストップがかかってしまいました。骨格標本は映研の部室から持ち出されたもので、鍵の管理が甘かったことも問題になって」

「あらかたは聞いてるよ。映研の子たちが日曜日に屋上にいたという話もね」

わたしたちが屋上で撮影をしていたということを、耳聡《みみざと》い人は知っている。でも先生たちに呼び出されたことまでは噂《うわさ》になっていない。先生たちも口をつぐんでくれているのだ。

だけど疑いの目がわたしたちに向いていることはたしかだ。あからさまに指をさしてくる生徒はいないけれど、話をしたことさえない人からの視線を感じることがある。

そんな微妙な空気の違いを、わたしはよく知っている。

わたしは酒井先輩に向け、小さくうなずいた。

「はい。屋上にいました。でも問題なく撮影を終えたんです。なのに翌日、花壇で見つかったのが映研の骨格標本だったことで、わたしたちを疑う人もいて。どうしたらいいかわからないという気持ちでいっぱいです。……そんな中で聞きました。去年、酒井先輩が事故に遭ったため屋上の鍵が換えられて、管理が厳しくなったのだと。どんなことがあったのか教えてくれませんか？」

　不思議そうに目をしばたいて、酒井先輩が問う。

「僕の事故が、骨格標本落下事件となんの関係があるのかな？」

「あるかないかがわからないから、知りたいんです」

「みんないろいろ言ってるし、僕以上に詳しいみたいだよ。繋ぎ合わせればわかるんじゃない？」

「正確じゃない話ばかりで。僕たちは本当のことを聞きたいんです」

　宙太が話に加わってくれた。

「本当、ってねえ」

「響ちゃんは昔からの友人です。他の出演者や見学者にも友人がいて、あらぬ疑いをかけられて困っています。助けてください。友人たちが好き勝手な噂を立てられて傷つくのは見たくないんです」

　宙太が頭を下げる。わたしもならって頭を下げた。

「……策士だなあ。でもちょっとあからさますぎるよ、南雲くん」

　酒井先輩が渡り廊下の屋上を見上げた。風力発電機が頭の先を出している。

「あからさま、ですか？　でも周りの噂より、酒井先輩ご自身にストレートに訊くべきだと思いました」

「じゃあ僕もストレートに訊こうかな。日曜日に屋上にいたのが誰なのか、噂で伝わってきている。一番素直でか弱そうに見える子を連れてきたんだろ？　僕が同情するように。そういう計算、よくないよ」

わたしは思わず宙太を見つめた。宙太が苦笑している。

僕は外野だって言ったの、そういうことだったわけ？　ひどいなあ。わたしはそんなに素直でもか弱くもない。だいいちそれなら、毬ちゃんのほうが効果的だ。昔からの友人というのが嘘になっちゃうけれど。

「深読みしすぎです、酒井先輩。それに響ちゃんが自分で訊くって言ったんですよ。あることないことを噂された経験のある酒井先輩なら、自分たちの気持ちをわかってくれるはずだって」

宙太が再び頭を下げた。

言ってないけど。でも、わたしも続ける。

「はい。ぜひそのときのことを教えてください！」

やれやれと、酒井先輩がため息をついた。

酒井先輩の話は、昨日の朝、宙太から聞いた話とほとんど変わらなかった。

事故があったのは、昨年七月の期末試験が終わった翌日だ。みんなが少しばかり解放感に浸っていた日。といっても、生徒会の役を引き継いで間もない酒井先輩は、それなりに忙しかったという。

バスケ部のことで飯田先輩と諍いがあって、一般教室棟の屋上に呼び出された。興奮した飯田先輩からバスケットボールをぶつけられ、殴られた。ボールは跳ねて、屋上から消えた。自分も落とされたらどうしようと怖くなり、酒井先輩はなんとか殴り返し、相手がひるんだところで逃げた。でも飯田先輩が階段室のほうを背にしていたから、そちらには動けない。そこで、渡り廊下の屋上へ移動して管理棟の三階へ進もうと考えた。渡り廊下の屋上は、図書室の前の廊下からガラスの扉で出入りできる。合図をすれば気づいてもらえるだろう、と。ところが焦りもあって梯子段を途中で飛び降り、着地が悪くてよろけ、落ちてしまった。低い植栽を経て、今、わたしたちが立っている芝生の上に。

「ふたりのケンカを見ていた人はいなかったんですか？」

わたしは訊ねた。

「グラウンドと、この中庭にいた。中庭の人からは角度的に姿が見えておらず、諍いの声だけを聞いた。教室での話し声だと思ったらしい」

酒井先輩が続ける。

「落ちた直後、僕は記憶が飛んでしまってて、何が起こったかわからなかったんだ。誰かが駆け寄ってきて、だいじょうぶかと訊ねてきた。きっと中庭にいた人だろうな。目を開けたら空が見えて、あれ、僕は寝ているのかなって思い、立ち上がろうとしたら止められた。渡り廊下の屋上から落ちたんだ、動くな、ってね。人はどんどんと増えてきた。渡り廊下や昇降口にいた人だろうね。そのうち先生がやってきて、救急車もきて病院に運ばれた。親が学校に自宅の電話番号しか知らせてなかったせいで、なかなか連絡とれなくて大変だったみたいだけど……と、それはどうでもいい話か」

酒井先輩の視線は、話をしながらしきりと動いていた。屋上から渡り廊下、中庭の植栽、再び渡り廊下、昇降口と、それぞれの人の動きが見えるようだった。

「その時点では、ただ落ちただけだと思われていたんですね。なにをしていたのかなど訊かれましたか？」

宙太が問う。

「訊かれたよ。でも僕自身、どうして渡り廊下の屋上にいたかすぐには思い出せなかったんだ。風力発電機関係かな、生徒会でなにかあったかな、って思ったっけ。でも後日、グラウンドで部活動をしていた生徒が、一般教室棟の屋上に人がふたりいたと言ったんだ。遠いから影ぐらいにしか見えなかったようだけどね。その話と、中庭の人が聞いた諍いの声の話が合わさった。そのころには僕も、なにがあったか思い出してきていた。ただ、屋上でケンカはしたけれど、中庭に落ちたのは僕がよろけたせいだ。焦って逃げたのも僕の判断ミス。落ち着いて考えれば、いくらなんでも飯田が僕を落とそうなんてするはずがない。怪我《けが》もたいしたことはなかったし、このまま終わらせてもいいと思った。飯田はどう思っていたか知らないが、僕は同じ中学の同級生として、バスケ部の同輩として、親しみは感じていたよ。うやむやのまま済んでほしかったんだ」

酒井先輩が肩をすくめた。

「屋上には、おふたりの他に人がいなかったんですか?」

「いないね」

わたしの質問に、酒井先輩がにやにやしている。

「期末試験が終わったばっかりで? みんな浮かれて空とか見上げたくなりそうですが」

宙太が言う。

「そういう生徒は駅のほうに出て、ファッションビルを冷やかしたりファストフード店やファミレスで喋《しゃべ》ったりするんじゃない? あの日はたしか、暑かった。午前中の雨が上がって気温が一気に上昇して湿度も高くなったし、風も強かった。屋上の人気は低いよ」

そうですか、と宙太がうなずく。

酒井先輩が声を出して笑った。

「はっきり言いなよ。きみたちが訊きたいのは、飯田がいたと主張する消えた女子生徒の話だろ？　僕がその子にレイプまがいのことをしていたというね。勘弁してほしいよ。女子生徒なんて最初からいない。僕が飯田に怯《おび》えたように、飯田も処分に怯えて引っ込みがつかなくなったんだ。先生たちはその女子生徒を捜して、いろんな子に聞き取りをした。それでもまったく見つからず、あとは警察に頼るほかないって話になった。そこまできてやっと飯田も引き下がったんだよ」

「どの女子生徒に訊いたか、知ってますか？」

宙太の質問に、酒井先輩は首を横に振った。

「知っている子も知らない子もいる。だけどそれは言わないよ。いまさら迷惑をかけたくない」

「わかりました」

宙太が考え込んだ。

「今回の骨格標本落下事件、消えた女子生徒の犯行だという説があるんです」

「僕の犯行だという話も聞いた。どんな動機なんだか」

「飯田先輩の仕業って話もです」

「なんでもありだね。でも飯田には無理だ」

「屋上の鍵が換えられたのは学校をやめた後だから、ですよね。でも幽霊または生霊《いきりょう》説まで出てましたよ」

酒井先輩がまた笑う。

「幽霊に生霊？　飯田に似合わないな。彼のこと知ってる？　ガタイがよくて、動物に例えるならゴリラとか熊《くま》とかだよ。バスケ部でも、テクニックよりパワーでぶつかってくタイプ。それもあって恥ずかしながら僕も、屋上から落とされたらどうしよう、なんて怯えちゃったんだけど。そんなあいつが、白い着物でうらめしやー、なんて言うものか」

「耳なし芳一の話には、武者たちが出てきます」

宙太が突っこむ。

「そうか、忘れてた。でも、飯田はそんなに暇じゃないはずだ」

口の中に笑いを押し込めながら、酒井先輩は言った。

「暇じゃないってどういうことですか？」

「飯田先輩が学校をやめてからも連絡があるんですか？」

わたしと宙太が続けて問う。

「連絡はしてないけど、中学の同級生なんだから情報のルートはあるよ。ただ、やめたというか、転校かな、親の仕事の都合だよ。僕の件とは関係ない。すでに決まっていたんだ」

「本当ですか？」

宙太と顔を見合わせた。ああ、と酒井先輩がうなずく。

「どこの高校に行ったんですか？」

「校名は知らないな。もういいかな？」

酒井先輩は笑顔を崩さない。

「もうひとつだけお願いします。この間の日曜日、酒井先輩はどこにいらっしゃいましたか？」

宙太も笑顔で訊ねる。

「僕が犯人っていう噂の出所はきみたちなの？」

「違います。でも一応」

「まずは全員を疑えってわけだね。だけど僕に犯行のメリットはない。デメリットばかりだよ。椋本さんだっけ、きみたちも疑われて嫌な思いをしているだろうけど、僕も今回の事件で、再びいろんなことを思い出されて、ほじくられている。こうやってきみたちにも質問された。屋上というキーワードが一緒なだけで、落ちた場所も違うってこと、わかってるよね」

酒井先輩が、また渡り廊下の屋上を見上げた。その先にある空は、薄く雲がかかっている。

「すみません。たしかに場所は違うんですが」

わたしは謝った。隣から宙太がつけ加える。

「で、どちらに」

酒井先輩がおおげさなため息をついた。

「模試。朝から夕方まで受けて、疲れてよろよろと帰った」

「何時ぐらいですか」

「終わってすぐだよ。六時ぐらいかなあ。寄り道はしてないよ」

ありがとうございました、と宙太とふたりで頭を下げる。去っていく酒井先輩を見送った。

宙太が酒井先輩の真似《まね》をして、渡り廊下の屋上を見上げる。そのまま足元に視線を移し、中庭を西のほうへと歩いていく。

「なにか気になるの？」

「うん。酒井先輩にも言われたけど、場所が違うんだなあって改めて思ったんだ。どうして違うんだろう」

「骨格標本落下事件と酒井先輩の落下事故とは、関係がないのかも」

「そう。関係があると示したいのであれば、同じ場所に落とすはずだ。では、無関係なのか、落としたいのに落とせなかったのか。どうして違う？」

宙太はぶつぶつとつぶやきながら、ベンチまできて立ち止まった。

「このあたりにいた人が、最初に酒井先輩に駆け寄った、ってことだよな」

そのまま一般教室棟の屋上へ視線を向ける。

「屋上の中ほどに人がいたら、……うん、角度的に見えないというのはたしかだな。フェンスを乗り越えてやっと見えるか見えないかぐらいだ。諍《いさか》いの声が教室から聞こえたと感じても不自然じゃない」

わたしたちは校舎の西側に向かい、角を回った。骨格標本が落ちていたという花壇を、ふたりして覗《のぞ》き込む。もう青いビニールシートも骨格標本も残っていない。立ち入り禁止の看板があってロープが張られていたが、中は雑草のようなものが生えているだけだ。

「どこが花壇だよ。これはただの地面だ」

宙太が不満そうに言う。

「ハーブ園かもしれないよ？　周囲がレンガで囲まれてるし」

「ハーブ園にしたって、こう、場所場所で違う種類のものが植えられるんじゃないか。そこは、草が自生しているに等しい。北側の、特別教室棟の横の花壇と違うだろ？」

たしかに北側の花壇には、畝《うね》も作られ雑草も抜かれ、花も咲いている。わたしは周囲を見回した。

「答えはその倉庫だよ。日照を邪魔してる。西日は多少当たるだろうけど、すぐにフェンスや木々に邪魔されちゃう」

「それなら遊ばせておかずに、なにか他に利用すればいいのに」

「でもそうすると、今度は北側の花壇の日照が悪くなるよ」

なるほど、とうなずき、宙太は校舎を回りながら、次はどこからどう一般教室棟の屋上が見えるかを調べはじめ、結局一周した。

一般教室棟を真ん中にして、北側が特別教室棟、南側が管理棟となっているけれど、管理棟は短い。東の端が、渡り廊下に繋《つな》がっている形だ。わたしのいる五組の教室の真上の位置なら、渡り廊下よりも東側なので、南側にあるグラウンドや校門からも屋上のようすが見える。けれど酒井先輩が落ちたのは渡り廊下より西側にある中庭だ。管理棟や渡り廊下が邪魔をして、屋上が見えるのは、グラウンドの半ばより向こうがやっと。それだけ遠いと、よほど注意しないと人がいるかいないかわからないようだ。

5　ユカリ

「姉と私は関係ない。お世話になっていますだなんて、わざわざ挨拶《あいさつ》などいらない」

一般教室棟一階の東の端、国際理学科三年八組の教室の前の廊下で、久遠寺沙耶がくいと顎《あご》をあげた。

放課後、三年生は補習をしている。講義形式の補習ではなく、教科書や問題集で自習している各教室を先生が巡回し、都度、質問を受ける形だそうだ。授業と違って自由に出入りできるが、教室にいなければそれだけ勉強する時間も少なくなる。

手分けして関係者に聞き取りをしようということになったので、私は沙耶先輩を担当したいと手を上げた。理由は単純、久遠寺綺《あや》の妹だから話してみたかったのだ。しかし話の手順を間違ってしまったらしい。先制パンチに遭った。

「すみません。映画の撮影でご迷惑をかけたので、教育実習に影響がでないといいなと思って。でもご本人に訊ねても、平気だとしかおっしゃらないし」

「姉が平気だというならそうなんでしょ」

「は、はい」

「ご丁寧にどうも。それじゃあね」

沙耶先輩が教室に戻ろうとする。

「待ってください。お伺いしたのは『Spend time together』のこともあってなんです」

不審げに、沙耶先輩が首をかしげた。私は続ける。

「評判を聞いて、見たいと思って映研の斉藤くんに頼んだけど、部室に置いてあった『Spend time together』のＤＶＤが消えていたんです」

「それは彼から聞いてる」

「は、はい。それで、先輩のものをお借りできないかと思って」

「評判ってどんな？」

「もちろん、良かったという評判です」

「なぜ今ごろ？　最後の上映は文化祭で、もう三ヵ月にはなるんじゃない？」

「それはその、『Spend time together』の話が出たことがあって」

「誰から」

「ぶ、文芸部の先輩です。みんなでわいわいと話していて」

なぜこんなに緊張しているんだ、と自分でも呆《あき》れるほどあがっていた。

場所のせいもあるのだろう。三年生の教室のある一階は空気が違う。放課後や土日にまで補習に次ぐ補習、そして各受験会社の模試と、ピリピリした雰囲気が伝わってくる。

でもそれだけではないオーラを、沙耶先輩は放っていた。

「それはありがとう。でも持っていないの」

そっけない言い方と、それ以上に沙耶先輩の答えに驚いてしまった。

「どうしてですか？　ご自分の大事な作品なのに」

「その大事な作品をなくしたのよね、斉藤くんたちは」

私がなくしたわけじゃないのに、どうして睨まれるわけ？

そう思っていると、沙耶先輩はくすくすと笑いだした。

「ごめん。あなたが悪いんじゃなかったよね。私が部長をやってたときから、あの部室はどこになにがあるかわからない状態で、管理も適当だったもの。諦《あきら》めるしかないか」

そんな簡単に諦められるんだろうか。

「というわけでごめんなさいね」

と言って、再び教室の扉を開ける。私は慌《あわ》てた。

「待ってください。あの、ＤＶＤは本当にどこにもないんですか？　私も文芸部で小説を書いてますけど、途中段階のファイルが消えただけで大騒ぎします。ましてや完成品がなくなったら、きっと寝込みます」

「私は寝込まない。そんなの時間の無駄」

身も蓋《ふた》もないというか取りつく島もないというか。

それでも沙耶先輩は足を止めてくれた。

「たしかに『Spend time together』は、一年前の私が心血を注いで作ったものだけど、ただの通過点。今の私はもっといいものが作れる。受験を優先しているだけ。なくされたのは残念だけど、それを悔やんでもしようがない。それもまた時間の無駄。わかる？」

「はあ……」

それが沙耶先輩の考え方ならしょうがないかと納得しかかったけど、私たちの目的は映画そのものじゃなく、映画の中で骨格標本がどんな風に使われているか確認することだ。

なぜ映研の骨格標本が屋上から落とされたのか。事件と映画に関連性はあるのか。見てみないとわからない。粘らねば。

「一年前には、もうひとり部員がいらっしゃいましたよね。守屋瞳先輩。守屋先輩もDVDを持ってますよね？」

私がそう問うと、沙耶先輩は首を横に振った。

「渡してない。瞳は部をやめたもの」

「出演者なのに？」

「ケータイのムービーじゃあるまいし。あなたが写っているからあげるなんて、映画はそういうものではない」

沙耶先輩の声に棘《とげ》が混じった。守屋先輩は成績低下を理由に映研をやめたと聞いていたけれど、本当は仲たがいかなにかしたんだろうか。

どうにも会話が弾まない。けれど話が途切れると、沙耶先輩は教室に戻ってしまうだろう。焦《あせ》った私は、またストレートな訊ね方をしてしまった。

「沙耶先輩が映画で使った骨格標本、あれが校舎西の花壇に落とされてましたよね。どう思われましたか？」

「どう？」

沙耶先輩がわずかに眉を動かした。

「別にどうも思わない。部費で購入したから残していっただけ。あとは好きに使ってもらってかまわない。要らないなら捨てればいいし」

「要らないなら、って。映研の人間が落としたわけじゃないですよ。私も友人が出演するから見学に行きましたが、骨格標本は使っていません」

「あらそう。撮影で落としたのかと思ってた」

にっこりと沙耶先輩が微笑《ほほえ》む。

「いいえ。触ってもいません。ところであの骨格標本は、去年、ネットで購入したんですよね」

「ええ。買い直すの？　だったらＵＲＬを送っておく。斉藤くん宛《あ》てでいいかな」

そんなつもりはなかったけど、お願いします、と頭を下げた。

「訊《き》きたかったのは、骨格標本がどういう風に映画で使われたのかなんです」

「説明が難しいなあ。見てもらうのが一番なんだけど。簡単に言うと友人が死ぬ話なの。瞳の骨として使った」

骨として？

私は困惑の表情を浮かべていたんだろう。沙耶先輩は面白そうに眺めてきた。

そういえば紀衣から、水泳部が撮影協力を依頼されて協力したけれど、水しか写っておらず先輩たちが激怒したという話を聞いた。守屋先輩は骨にされたのか？　それは、あまりいい気持ちがしないかも。

「もう質問はない？」

「いえ、すみません。もう一度、絢子先生のことを。映研が撮影する『あとでのこと』の映画に学校からストップがかかったんですが、なにか言ってらっしゃいませんでしたか？　残念だとか、逆にほっとしたとか」

絢子先生の話をして、また機嫌を損ねるかもしれないけど、やはり訊いておかねば。私としては不本意だが、絢子先生も犯人候補なのだ。

宙太が言っていたように、映画撮影をストップさせたかったんじゃないかという動機面とともに、彼女は私たちよりずっと、屋上の鍵に接近するチャンスがある。控室こそ進路指導室の脇《わき》の会議室だけど、教育実習生は職員室に頻繁に出入りしていて、生徒のように見とがめられることも少ない。

沙耶先輩が首をひねる。

「姉とはそんなに話をしないし、わからない」

「絢子先生は小説、沙耶先輩は映画と、創作者同士ですよね。相談したりアドバイスをしあったりはしないんですか？」

と、これは私の個人的な興味。骨格標本落下事件とは関係ない。

沙耶先輩が冷ややかな目を向けてきた。

「あの人と話しても意味ないもの。永遠にああでもないこうでもないって、ループ状態。だいたい姉は、ろくに作品を完成させたことがないの。『あとでのこと』だってリドル・ストーリーとか言ってるけど、単に結論が出せなかっただけよ」

追い払われるように、私は三年八組の前から退散した。

沙耶先輩は絢子先生と仲が悪いのか。ううん、ライバル視しているといったところかも。少なくとも久遠寺綺の創作に関する情報は、沙耶先輩からは得られなさそうだ。

階段のほうへと歩いていくと、正面から紀衣がやってきた。紀衣は三組にいる守屋先輩に話を訊きにいっていた。

目が合って、互いに促し合う。

「どうだった？」

「そっちは？」

ふたりで黙り込み、ふたり同時にため息とともに笑った。

「守屋先輩は穏やかでおとなしそうな人だった。『Spend time together』を持っていないかって訊いたけど、否定された」

「うん。渡してないって。それに、骨にされたみたいだよ」

私がそう言うと、紀衣が困惑の表情を浮かべた。

「斉藤くんは感動作だー、って言ってたよね？　骨にされた？　映画のイメージが全然湧《わ》かない」

同感だ、と私はうなずく。

「私も、映画もドラマも割と観《み》るほうだと思うけど、斉藤の撮った映画はさっぱり合わなかった。彼の好みとは違うのかもしれない」

私も紀衣も、文化祭で斉藤の映画を観ていた。紀衣はクラスメイトとしてのつきあいで、私は文芸部の先輩が手助けしていたからという、つまりはどちらも義理だ。

斉藤の映画はヒーローがヒロインを助けるという単純な筋書きだが、古い名画のパロディがたくさん使われていて、だけど笑うべきなのか怖がるべきなのかはたまた悲しむべきなのか、反応に困ってしまった。わかるひとにはわかるネタなのか、それともパロディの体をなしていないのか、判断がつかない。協力していた先輩にも訊《たず》ねたけれど、どうしてああなったんだろうと首をひねっていた。

「あ、でも毬ちゃんは好きって言ってたって」

えー？　と紀衣が驚く。

「斉藤によると、だけどね。毬ちゃんは文化祭のときに何度も観に来てて、映研にも誘ったんだって。そのときは断られて、今回はリベンジだったらしい」

「どちらの映画が好みだったわけ？　まあ、どっちもどっちで、わけのわからない映画みたいだけど」

　紀衣が問う。

　そうか。毬が気に入ったのは斉藤の映画ではなく、沙耶先輩の映画だったのかもしれない。時間がもたなくてさらに以前の先輩の作品も流したというから、過去の映画を好きになったということも考えられる。

「沙耶先輩は、守屋先輩のことをどう言ってた？」

　紀衣が訊ねてくる。

「どうって？」

「守屋先輩は、映研のことは遠い過去、って感じだった。だから逆に、なにかあったのかなって思って」

「沙耶先輩は、やめた子なんて関係ないわ、という態度だったよ。そりゃ、二年生の途中でやめられてひとりきりになったんじゃ、いい印象は持てないよね。同好会への降格の話もあったんだし」

　それでも沙耶先輩は映研を守り抜いたのだ、と斉藤なら言うところだろうか。

　斉藤によると、ひとりになった沙耶先輩はバザー会に参加したり、視聴覚室を借りて名画上映会などを企画したりと、生徒会の同好会降格攻撃から逃れるために積極的に活動していたそうだ。新作こそ撮れなかったけれどシナリオを書いたり映画を見たり、至福にして雌伏の時間だったの、なんてカッコいいことを言ったんだぜ、と自慢された。

紀衣が、実は、と話しだす。

「水泳部の先輩からは、ふたりの仲は良かったって聞いてたんだ。プール撮影のころの話だと思うけど。でも守屋先輩は、部をやめてからは特に会うこともない、って言ってた。守屋先輩は普通科でしょう？　授業内容も合わないし、共通する友だちも少ないし、中学も違う。繋がりは映研だけだったからって」

「その映研にしたって、斉藤は沙耶先輩に対しては賞賛してるけど、守屋先輩のことはスルーだよね。所属時期が被ってないから仕方ないけど」

「守屋先輩、ちょっとかわいそうかも。いくら沙耶先輩がすごくても、映画ってひとりじゃ作れないんじゃないの？　手柄ひとりじめって感じ」

「一将功成りて万骨枯る、ってとこ？」

骨、とふたりで言って、また噴き出す。

「見てみたいよね。骨にされた守屋先輩。いったいどんな話よ」

紀衣が、ふざけてカクカクと腕を動かす。

「オリジナル脚本だっていうから、やっぱり見ないとわからないね。沙耶先輩本人はすごく自信ありげだったけど」

トンデモ案件かもしれないよ、なんて笑いながら、ケータイで宙太に連絡を取る。

骨格標本が見つかった花壇にいると言われた。

「『Spend time together』のＤＶＤは沙耶先輩も持ってないのか。でも自分の作った映画にまったくこだわりがないって、なんだかなあ」

宙太が首をひねっている。私もうなずく。

「沙耶先輩は意地悪で言ってるのかもしれない。非協力的というか、なぜワタクシがあなたたちの質問に答えなきゃいけないの？　なーんて感じだった。強気で、絢子先生とは正反対。ついでにふたりは仲良くないみたい」

宙太が苦笑した。

「酒井先輩も迷惑そうだった。当然だろうけどね」

「自分に関係がないにもかかわらず、周囲がざわついてるなんてストレス大きいよね。特に受験前のこの時期に」

響の言葉には感情がこもっていた。去年は響も大変だったんだろう。

「もしかしてライバルの仕業だったりして。調子を崩させて、不合格を狙《ねら》う。あはは」

紀衣がおどけた表情で盛り上げる。

「それが理由なら沙耶先輩はないよね。彼女は理系志望で、酒井先輩は文系だし。まあ、冗談はさておき、沙耶先輩のようすにはひっかかった」

「どういうこと？　ユカリ」

宙太が訊ねてくる。

「骨格標本が落とされたことについて、沙耶先輩は平然とした顔で、撮影に使ったのかと訊いてきた。他の人たちって、悪ふざけとか嫌がらせとか、なにかしら悪いほうの意図でやったんじゃないかって反応じゃない？　そうじゃない視点は初めてだったから、なるほどと感じたし、その発想も気になった。撮影ということにすれば、なあんだ事故か、で丸く収まるでしょう？　もちろん先生には怒られるけど、犯人というか、悪い人はいなかったことになる」

「沙耶先輩は優しい人？」

響のつぶやきに、とてもそうは見えないよと、私は首を横に振る。

「そういうことにしておけと示唆《しさ》されたようにも、自分は関係ないと強調しているようにも感じた。そこがひっかかったわけ」

「だけど一番平和でスムーズに終わらせる結論かもな。先生たちも楽だろう。映研がうっかりやりすぎちゃった、のほうが」

宙太がそう言って、考え込んでいた。

私たちが生徒指導室に呼びだされたとき、映研がやったかのように先生たちが迫ってきたのは、だからかもしれない。

でも関係ないのだ。スケープゴートにされてはたまらない。

「どちらにせよ、最大の問題は屋上の鍵《かぎ》だよな。屋上の鍵に触った人間は、斉藤しかいない。その日撮影にきていた他の人たちも、先輩たちも、今のところ犯人にはなりえない」

宙太が断言する。

「じゃあ斉藤くんがやった、ってこと？」

「いまいちしっくりこないけどね」

紀衣と響が、顔を見合わせている。

「生徒会の人が鍵を利用する機会がないか、理子に確かめようか？」

響の言葉に、宙太がうなずく。

「そうだな。酒井先輩にも、なにか僕らの気づいていない動機があるのかもしれない」

「絢子先生なら鍵に近づくことができるから、先生経由で沙耶先輩が手に入れることもできる。ただ、仲が悪い」

私が言うと、紀衣が続けた。

「それ、フェイクだったりして」

「うがちすぎじゃない？」

響が笑う。

「いやそういうパターンはけっこうありかも。ところで守屋先輩はどうだった？」

宙太の視線が紀衣に向かった。

6　紀衣

守屋先輩は大きな目が印象的な、かわいいタイプの人だ。

突然訪ねていったあたしに迷惑そうな顔はしたけれど、それでも丁寧に答えてくれたと、あたしは三人に話した。


『Spend time together』のＤＶＤを貸してくれませんか？

――ごめんね、持ってないの。

え？　出演したんですよね。

――うん。でも持ってない。

映研では他にどんなことをしていたんですか？

――うーん、なにをやったかなあ。あんまり覚えていないんだけど、衣装は作った。

あたし、裁縫や手芸関係が得意なんだ。小道具も細かいものを作ったよ。あとスクリプター、記録係のことね。撮影のシーンのようすをメモするの。シーンとシーンの繋がりがおかしくならないように。なんだかこうやってあげていくと、それほど役にたってない気がするけど、まあ、その程度だよ。

どうして二年の途中で映研をやめたんですか？

――うーん、成績がね、下がったんだよねえ。あたし本番に弱いから、できれば推薦狙いたいなって。となると問題なんだよね。どの教科も一定以上取ってなきゃいけないし。

久遠寺先輩にはなにか言われましたか？

――うーん、反対は、それはやっぱりねー。でも成績が下がって親もうるさかったし、自分の将来のことだから。

守屋先輩は考え込みながらゆっくりと喋っていた。映研に入った理由も訊いたけれど、なんとなくとか、映画を観るのが好きだからとか、ぼんやりした答えで、ずっと昔のことをがんばって思い出してくれている、って感じだった。

沙耶先輩との仲についても探ろうと思ったけど、のんびりペースのまま。もともと映画の話しかしなかったし、観るのが好きなだけの自分とは違うし、今は話をする機会もないし、なんて答えが返ってくる。

わずか数日前に起きた骨格標本落下事件のことも、ああ、と改めて思い出したような声を出す。あの骨格標本、映研の持ち物だって本当？　と、逆に問われた。

最後に『Spend time together』を見た感想を訊ねたところ、守屋先輩はまた考え込んだ。

「うーん、昔のことだし。青春の一ページ、ってとこかな？」

すっかり青春が終わっちゃったような言い方だ。

やめてくださいよ、今じゃないですか、と言ったら、今は受験のことしか考えられなくて、ごめんね、と暗い声で答えられた。

やだやだ。あたしだったら成績が下がって親に怒られても水泳部はやめたくない。ギリギリまで粘るよ。守屋先輩も、粘って粘って、二年の秋までがんばったのかもしれないけど。


「なにか映研時代や骨格標本のことで思い出したことがあったら教えてくださいって頼んだけど、考え込んだ末に、なさそうだけどなあ、なんて苦笑いをされた」

「顔も知らない下級生に突然質問されても、ってこともあるかも。それは沙耶先輩も同じ。沙耶先輩の場合は、ふん勝手にやれば、って冷たい雰囲気だったけど」

ユカリが言う。

「そこまでじゃなかったよ。ただなんか茫洋《ぼうよう》としてるというか、頭の中が完全に受験一色って感じ」

「守屋先輩は、映研を退部してから他の部活動に関わっていないの？　屋上の鍵を手に入れられるチャンスもないのかな」

「今の映研や、酒井先輩を攻撃したい理由があるか、そこも問題だな」

響の質問に、宙太も続ける。

「別の部に入ってないのはたしかだよ。それは本人が言ってた」

あたしが答えたところで、ケータイが呼んだ。

友樹からのメッセージが入っている。「あ」と。

文字のやりとりでさえやたらとテンションの高い友樹が、ただひとことだけの、「あ」？

響もユカリも首をひねっている。

「暗号じゃないよな？」

宙太が言った。

あたしは友樹に、どういうことかと返信したが、会ってから話すとしか返事がない。

なにをもったいぶってるのだ。

友樹は、酒井先輩と同級生だった飯田健太郎を探っていた。

学校まで戻ってくる気力がないと友樹が言い張るので、帰宅途上にある大きな駅までバスで移動した。あたしと宙太と友樹は同じバスを終点近くまで乗っていき、ユカリはその駅から電車に乗り換える。学校の徒歩圏内に住んでいる響には申し訳なかったが、彼女はせっかくだからショッピングもしたいと言ってついてきてくれた。駅ビルのファストフード店に集まる。

友樹のことだから顔を見た途端にあれこれまくしたてるに違いないと思ったけれど、なんだか冴《さ》えない。

「あ、とはなんのことだ?」

バスの中でもずっとその謎《なぞ》を考え続けていた宙太が、開口一番に訊ねた。

「あ? ……あ、ああ。打ちかけたけどいろいろありすぎて、説明したほうが早いかなと。とりあえずそのまま送った」

「とりあえずって、おまえなあ」

宙太が呆れている。

「か、でも、さ、でもないのはどうして?」

ユカリがからかうと、友樹が力なく笑った。

「アメリカの、あ、だ」

「アメリカ？」

「うん、飯田先輩の居所はアメリカだ。親の海外赴任についてったんだって」

あたしたち四人は、揃《そろ》って飲み物を吹き出しそうになった。なんだそれ。いきなり地球の反対側？

「気楽な反応してんじゃねえよ。オレは危うく殴られそうになったんだからな。やっかいな相手を担当させられたよ」

友樹がわざとらしく自分の頬に拳《こぶし》を当てる。あたしは訊ねた。

「アメリカって、どこ情報？」

「他校の三年生。オレ、ちょっとしかサッカー部にいなかったけど、前部長ぐらいは知ってるわけよ。ごぶさたしてますって挨拶に行って、おう足はもういいのかー、プレート入ってますけどなんとかー、なんて話をして、去年学校をやめた飯田先輩に会いたいんですが同級生ですよね、誰か知り合いを紹介してください、って頼んだんだ。で、前部長の渡りで他校のサッカー部の人に会いに行ったわけ。ところがそいつがちょっと怖い感じの人でさー」

「殴られそうになったっていうのは、その人に？」

響が身体《からだ》の正面で、両手をぎゅっと握っている。

「ああ、飯田先輩の中学の同級生だって。風高の屋上でまた事件が起きて、飯田先輩に当時のことを訊きたい、連絡先を教えてほしいってお願いしたら、突然」

「ストレートすぎたんだ」

　ユカリが苦笑する。

「オレの訊ね方もまずかった、かもしれない。けどいきなりだぞー」

　と、友樹は自分で自分のシャツの首元をつかんで引っ張る。

「てめえまだ疑ってやがるのか、酒井にちゃんと言っとけよ、あのヤロー、あれ以来ケータイのメアドも電話番号も換えやがって、連絡全部拒否だふざけるなー、って胸倉つかまれた。そんなのオレは知らねーよって思ったけど、つい、わかりましたって返事しちゃったよ。ってわけで、飯田先輩はアメリカ。向こうのハイスクールだかなんだかに通ってるって」

　響と宙太が顔を見合わせ、悟ったような表情をした。

「酒井先輩は知ってたんだね。飯田先輩がアメリカにいること。だからわたしたちの話にあんなにウケてたんだ」

「幽霊や生霊って話はもともと冗談だけど、太平洋まで越えてくるもんかって、笑ってたんだな。だったらそう言ってくれればいいのに」

「不愉快な思いをしたから、せめてからかってやろうって思ったんじゃない？」

ふたりは酒井先輩のようすを、友樹に説明した。響が続ける。

「友樹くんが訊ねたのは、飯田先輩とかなり親しい友だちだったんだね。風高では酒井先輩の主張が正しいと思われているけど、その人の見方ってまるっと逆」

「飯田が嘘《うそ》をつくはずがない、そう言われた。自分たちはみんなそう思ってるって」

友樹が言う。宙太が、うーん、と唸《うな》る。

「二年生の夏からアメリカか。向こうは新学年が九月スタートだよな。誕生月で入る学年が違うだろうけど、高校生活はあと一年か二年ってとこか。そのタイミングで渡米すべきかどうか、悩みどころだなあ」

「日本の大学に行くのかアメリカの大学に行くのかによっても違うだろうしね。宙太ならむしろ行ってみたいんじゃない？」

ユカリが応じる。

「まあね。いろんなことができそうだし。きっとキャンパスも広くて解放感ありありなんだろうな」

「で、方向音痴の宙太はそこで迷子になる、と」

あたしがからかうと、宙太がわざとらしく唇を尖《とが》らせた。

「ほっとけ」

みんなが笑うも、友樹はため息をつく。

「どうしたの？　そんなに怖かった？」

あたしを睨《にら》み、友樹が横を向いた。

「冗談じゃねえ。見損なうな」

「まだなにかあるんだな、友樹」

宙太が探るような目をする。

「……い、いや、なんでもない。まあ、多少はビビったかな。なにしろ相手はでかいし」

「友樹はたとえ殴られようと、ムキになってかかっていくほうだろ。本当のことを言えよ」

八つの瞳《ひとみ》に見つめられて、友樹は、実はと話し出した。

友樹の話を聞いて、あたしたちは騒然となった。

犯行は可能なのか、不可能なのか。ひとつずつ順に考えた。映研の部室から骨格標本を持っていくのは不可能ではないだろう。でもどう考えても、屋上の鍵を手に入れる方法がわからない。

「動機から考えるの、やめにしない？　しかも全部想像だし」

ユカリが言う。

「だよな。幽霊ならともかく、人間には身体ってもんがあるんだ。鍵のかかった屋上には入れない」

友樹の発言を受けて、響が口を開く。

「わたし、ずっと引っかかってることがある。どうして骨格標本なんだろうって」

「それも狙いのひとつって話じゃなかったっけ？」

あたしは訊ねる。みんな不思議そうにしていた。

「映研や沙耶先輩の映画に目を向けさせたいなら、他の品物でもいいじゃない。骨格標本は重いし、目立つし、扱いに困るでしょう？」

響が確認するように喋る。

「目立つからこそじゃない？　骨格標本なんて、インパクト満点」

ユカリが抹茶フロートのクリームを底から掬《すく》った。

「骨格標本である、いや、なくてはならない理由、か」

宙太が腕組みをする。

「あー、なんだよその考え込んでますポーズ。カッコつけやがって。くすぐるぞ」

友樹が宙太に手を伸ばす。

と、その腕が、宙太の前にあったマグカップに当たった。

「うわっ」

「あ！」

マグカップが机から滑り落ちた。キャッチできるタイミングではなく、そのまま床に転がる。

「ご、ごめん」

と友樹。

「誰かかかった？　飲み終えてはいたんだけど」

宙太が立ち上がり、周囲の客たちにも頭を下げて続ける。

「すみません、みなさん。だいじょうぶですか？　なにも当たっていませんか？」

客たちは、みな同じようなしぐさで足元を見て確認し、だいじょうぶだとうなずく。

店員が飛んできた。横倒しになったマグカップになにかが足りない。よく見ればカップの持ち手が取れていた。持ち手を捜して床を見回す。

一度やってきた店員がひっこんで、モップを手に戻ってきた。あたしたちのテーブルの下、陰になったところから、カップの持ち手が見つかった。

宙太が店員のようすをずっと見ていた。そして言う。

「そうか、わかった。骨格標本は目的にして手段だ」

7　宙太

全部がわかったわけじゃないよ。

誰があんなことをしたのか。なぜ骨格標本を使ったのか。そしてなにが目的なのか。僕なりの答えは見つけたし、屋上の鍵の謎も解けた。

だけど細かいところでちょっとだけ、わからないことがある。

おっと、細かくはないか。けっこう大きなことだ。だけど多分それも、映研の部室を確認すればわかるはず。文字どおり、骨の折れることだけどね。

翌日、僕は斉藤から鍵を借りた。ＤＶＤがなくなっていることを顧問の赤池先生に知らせたときも、斉藤は鍵のコピーの件を黙ったままでいた。だから鍵はまだ彼の手元にある。

理由を明かさなかったので斉藤はしばらく渋っていたけれど、掃除をしてやると条件を出したら不審そうにしながらも了承した。僕はみんなを動員し、休み時間ごとに集まった。

そして僕らは確信した。

犯人はわかった。でも、どうすべきだろう。

金曜日。この間の日曜に屋上にいた人たちに、放課後、映研の部室に集まってもらうよう依頼した。絢子先生にも声をかけてくれとユカリに頼んだけど、教育実習の終了日とあって、その後の予定が詰まっているようだった。

仕方がないか。他の先生たちに漏れても困るし。

当のユカリからは、最後のお別れがバタバタになっちゃったじゃないと文句を言われた。ごめん。でもあまり時間をおくと、映研が犯人ってことで確定しちゃうだろ。

「綺麗《きれい》にしたようには見えないぞ」

部室を見回して、斉藤がまず言った。

「限界があるよ。とにかくモノが多すぎる。おかげで苦労した」

「苦労?」

迫田が首をかしげる。穂積が棚の段に指先を滑らせていた。テレビドラマに出てくるおばさんみたいだ。紀衣も同じことを思ったのか、小さく笑っている。

「さて。今からみんなに、秘密を共有してもらおうと思う。骨格標本落下事件の真相がわかった」

僕の言葉に、毬が目を丸くする。斉藤も迫田も穂積もだ。友樹たちには先に説明しているので、余裕のある表情をしている。

「本当に？」

斉藤が迫田たちと顔を見合わせた後、代表するかのように口を開いた。

「誰がやったんだ？」

「それを話す前に、さっきの件をお願いしたい。真相はしばらく黙っていてもらえないか。理由は最後に説明する。納得してもらえると思う」

僕は頭を下げた。斉藤が睨んでくる。

「どうしてだ。僕らはみんな、ふりかかった火の粉を一刻も早く振り払いたいと思っている。なぜ黙らなきゃいけない」

「それも話をしている間に納得してもらえるはずだ」

「納得させてから言いなよ」

穂積が話に加わる。

「いや。最初に約束してもらいたい。できないなら話はしない。それが嫌なら、退席してもらえないか？」

迫田が眉《まゆ》をひそめる。

「犯人が退席してしまったらどうするの？」

毬が問うてきた。

「しないんじゃないの？　だって欠席裁判になっちゃうじゃない。こいつの勘違いかもしれないのに、反論できないのは嫌だ」

突っこみを入れたのは穂積だ。続いて迫田も。

「だったら残ってるのが犯人ってことにならないか？　もしかしてこれ、ひっかけ？　なんとかのジレンマ系の話？」

そして再び、穂積。

「だいたい、きみ、南雲っていったよね、誰なんだよ。斉藤の知り合い？」

「なんか偉そうだよな」

迫田が続ける。

待て待て、と斉藤が止めてきた。

「僕は残る。もちろん僕は犯人じゃない。部長として確認する必要があるからだ。そして僕は南雲を信用する。鷹端や椋本さんほど親しくないし少し話をしただけだが、理論的で納得のいく回答が得られた。なにより僕らは、まだまったく真相に近づけていない。たとえ南雲の出した答えが間違っていたとしても、その手がかりを元に再構築していけばいいんじゃないか？」

「ありがとう。自信はあるよ。ぜひ聞いてもらいたい」

僕がそう言うと、ユカリが呆れ顔で見てきた。自信過剰かな。でもこういうときははったりもきかせなきゃ。

「……じゃあ、いいけど」

不服そうながらも穂積が答え、迫田もまたうなずく。

「よかった。ダメだって言われたら、僕らもここの鍵の秘密を共有できなくなるところだった」

「南雲、おまえ性格悪いな」

斉藤が苦笑した。穂積と迫田も、ひでえー、と言う。

「篠島さんはどうする？　部室の鍵のことは、篠島さんに関係ないけど」

斉藤が訊ねると、毬がはいと答える。

「残ります。わたしも話が訊きたいし」

「うん。僕らも欠席裁判はしたくない」

僕の言葉に、斉藤が、えっ、と大声を上げる。友樹がうつむいた。

毬が僕を見つめてくる。

「それ、どういう意味ですか？」

「まんまの意味だよ」

「わたしみたいに背の低い子が、等身大の骨格標本を持ち出すなんて無理ですよ。ちょうど一週間前、鷹端くんがロッカーを開けたときに中から飛び出てきたのを見ました。鷹端くんと同じぐらいの大きさでしょう？」

毬の口調は冷静だった。見かけは可憐《かれん》そうだが、芯《しん》はしっかりしているようだ。

「一六〇センチということだから、友樹のほうが多少は大きいね」

紀衣が笑った。

「多少は失礼だ。だいぶ大きい」

友樹がむっとしている。言葉の綾《あや》ってことで勘弁してやれよ。

「ちなみにこれが、沙耶先輩が買ったモデルだそうだ。重さは七キロ。プラスティック製」

僕はプリントアウトしたネット通販のページをみんなに配った。

「わたしは一五五センチです。わたしからすると、五センチの差はそれ以上に大きく感じますよ」

「でも分解できるんだ。ほら見て」

説明の箇所を、僕は指さした。組み立て式と書かれている。

「どうせバラバラ死体にするんだし、ね？」

「それでも重いですよ、七キロって。火曜日の朝、南雲くんは、犯人はお昼休みやちょっとした隙《すき》にこの部室から持ち出したんだろう、どこかに隠しておいたんだろう、って言いましたよね。じゃあどこに隠したんですか？　みんなに気づかれずにどうやって屋上から落とすんですか？　それともみんなが帰ってからやったんですか？　わたし、屋上の鍵は持ってません。借りたこともありません」

「それがきみの砦《とりで》だよね。屋上の鍵を持っていない。だから犯行は不可能だ、と」

毬が軽く睨んできた。僕は続ける。

「校舎の西にある花壇から骨格標本が発見されたのが月曜日の朝。頭蓋骨《ずがいこつ》が、肋骨《ろっこつ》が、腕の骨が、足の骨が、それぞれバラバラになって壊れていたことから、どこかから落とされたのだと思われ、屋上を調べたら足の骨を発見した。だから落とした場所は屋上だ、……とされた」

「された？　どういうことだ？」

斉藤が口を挟む。

「屋上から落としたというのは、屋上の雨水溝に足の骨が残っていたことから推定されたにすぎない。でも、骨だよ。バラして溝にひっかけておくことができる。撮影中でも可能なんだ」

あ、と迫田がつぶやいた。穂積も口が開いている。

そう。

それが、骨格標本は目的にして手段だってことだ。

「屋上へは鞄《かばん》などの荷物を持って移動していたんだよね。足のひとつぐらい隠し持つことはできる。鍵なんて必要なかったんだよ」

僕は毬を見た。毬は黙ったままだ。

「じゃあ残りは窓から投げたのか？　そこなら鍵は要らない」

斉藤が訊ねてくる。

「窓から投げたとしても、音がすれば気づかれるかもしれない。警察の捜査は入っていないんだ。投げ落とした際に、どんなふうに足の骨だけ残ったのか、どういう軌跡を描いて花壇に落下したのか、正確なところはわからないまま」

僕はもう一枚、紙を出した。

そばにいたユカリが、手に持って掲げる。

「これは富永が屋上から花壇を写したものだ。理科学部の顧問に依頼して借りてきた。衝撃による物体の破壊について調べたい、なーんて適当な理由をつけてね。いかにも飛び降りましたって感じに骨がばらばらになっているけど、これ、ホントに屋上や窓から落ちたんだと思う？」

斉藤と迫田と穂積が、一歩寄ってきた。プリントアウトした写真を見つめる。

「そんなこと言われても……。骨格標本なんて落としたことがないからわからないよ」

「ミステリ小説になかったっけ？　どういう落ち方をしたかによって、自殺か他殺かがわかるとかいうの。でも、この場合は誰かが落としているわけだから、……えーっと？」

「一番重いのは頭だよね。でも物体の重さ軽さは落下速度には影響しない。関係があるとしたら揚力か？　風の抵抗を受けるような骨って？」

　三人が頭をひねる。

「わからないよね。僕も実際に落としてみないとわからないし、投げたときに骨格標本がどんな姿勢をしていたのかでも違ってくると思う。その角度、地面の状態、風の有無、どんなふうに欠片《かけら》になり、どんな風に飛び散るのか――」

　毬は、僕の説明を黙って聞いている。

「あらかじめ落下実験をして、どんなパーツがどのあたりの位置に飛ぶか写真にでも残し、骨もそれっぽく破壊しておいて、その写真に基づいて花壇に置く。そうすれば落したように装《よそお》うことは可能だ。一般教室棟の西の花壇は、使われていない。地面は雑草で覆《おお》われていて足跡もわかりにくい。草が踏まれた跡は残るだろうけれど、骨が落下した際に潰《つぶ》されたようにも見える」

「ちゃんと調べればわかるんじゃないか？」

　斉藤が言う。

「でも警察は来ていない。校内で起きた事件で、被害者もおらず、前日に屋上を使っていた生徒がいて、いたずらの可能性が高い。警察を呼んでおおごとにする前に、先生たちはまずその生徒、つまり映研の部員たちに確認するだろう。毬ちゃんはそう考えたんじゃないかな」

僕の問いかけに、毬が苦笑する。

「わたし、そんなに大雑把な性格じゃないですよ」

「大雑把かどうかはともかく、かなり大胆だね。それだけの目的と理由があるからだけど。と、その話は後に回そう。警察の件もね。まずは、どうやって犯行を行ったかだ。校舎の西側に立ち入る人は少ない。管理棟の横には倉庫があり、自転車置き場からの目隠しにもなっている。撮影が終わって解散したのが六時ごろ。斉藤くんの塾があるからそれ以上は越えないと知らされていたんだろ？　他の生徒が帰宅するのを待ち、先生たちが帰る前まで。そのあたりの時間に骨格標本を置いてきたんだよね」

「同意を求められても困ります。でもそれってすごい早業ですよ。部活や模試で学校にいた人が帰ったのは七時前、先生たちが帰ったのも八時ぐらい、でしたよね。その間に骨格標本をバラバラにして、落ちたみたいに叩《たた》いたり壊したりして、花壇に撒《ま》くんでしょ。無理じゃないですか？」

僕は首を横に振った。

「違うね。あらかじめ落下実験をした、と言ったじゃない。毬ちゃんが使った骨格標本は、この部室にあったものとは別のものだ。きみが、自宅から持ってきた」

毬は僕を見つめたまま、なにも言わない。

ええ？　と斉藤たち三人が、また声を合わせる。

「待てよ。骨格標本は昼休みにここから持ち出したんだろ？　南雲、そう言ってたよな」

斉藤が問う。

「ごめん。それは僕の早とちり」

「だったら骨格標本はどこに行ったわけ？」

穂積が目をぱちぱちとしている。

「まだここにある」

紀衣が言った。収納棚の向こうの段ボールを指している。ユカリもまた、逆側のいくつか積まれた段ボールのひとつを指す。

僕は、そばにあった三段のゴミ入れを軽く叩いた。

「友樹に確認した。一週間前、このゴミ入れは空だったと。だけど火曜日以降は、ほらこのとおり、黒と黄色のトラロープが入っている。先週の金曜から火曜の間に、誰かこれらを移した人はいる？」

僕は中からトラロープを取り出してみせた。斉藤たち三人が、いや、と答える。

「この部屋はやたらモノが多い。先輩たちから受け継がれてそのままのものがね。どこになにがあるかわからないし、誰かが持ち出してもすぐにはわからない。だけど撮影で使わなかった品物を、わざわざ移動させるだろうか。させないよね。だったら移動した理由があるはずだ。場所を空けるという理由がね。僕らは昨日一日かかって捜した。分解された骨格標本がどこかにないかって」

紀衣が指し示した段ボールを、斉藤に持ってこさせる。

中を開けた。

折り畳まれ、押し込まれた白い骨。

「……骨格標本だ」

斉藤がつぶやく。

「骨格標本は持ち出されてはいなかったんだよ。分解して適当な段ボールに押し込めておいた。もともとそこに入っていた荷物は、空いている手近な場所に入れた。こういう、ね」

僕はもう一度、三段のゴミ入れを叩いた。

「……それ、南雲くんたちが昨日仕込んだんじゃないの？　ネットで買えるんでしょう？」

毬が、僕の渡した紙を手に掲げる。

「そう言われると思った。だけどどう見てもこれ、新品じゃないよ。表面に曇りや細かな傷がたくさんある。撮影に使ったから劣化しているんだ。購入は一年、いや一年もう少し前だったっけ。一方、花壇で見つかったものはどうなんだろう。壊れてるし傷だらけだろうけど、並べて見比べたら古さはわかるんじゃないかな」

穂積が、ユカリが指した段ボールを持ってきて、中を開けていた。そこにも骨格標本は入っていた。

「これで、この部室から骨格標本が持ち出されたように見えた経緯、屋上から落とされたように見えた経緯は説明したよ。ちなみに、警察が入ればネット購入履歴はすぐわかるだろうね。さて次の反論を聞こうか？」

「わたしには……犯行が可能ということね。でもそれ、みんなにも当てはまるんじゃない？　斉藤くんも穂積くんも迫田くんも、それから絢子先生、鷹端くんや響ちゃんも、全員」

「あー、そこくるんだ。でも他の子たちはバスか徒歩で通学してるよ。七キロの荷物を持って移動するのなら自転車が一番じゃない？　一度帰ってから荷物を持って戻ってくることもできるよ。時間的にそれが自然だろうし」

毬は薄く笑いを浮かべる。

「男子なら持ってこられるかもよ？」

「日曜日に、毬ちゃんが屋上で撮影するよう誘導したことは、響ちゃんと友樹から聞いている」

「……そう、だっけ？　覚えてない」

毬はまだ笑っていた。でもその表情は、貼《は》りついているかのように硬い。

「脚本……、書くときにも言ってたよね。僕が相談したときに。学校の映画を撮るならやっぱり屋上は欠かせないよねって」

斉藤が情けなさそうな顔をして言う。それは知らなかったな。先に聞いておけばよかった。

「そ、それはただ……、そう、いかにもっていうイメージだから。絢子先生の本を読んで、感じただけ」

毬の声がうわずりはじめる。

「もうやめろよ！」

友樹の声がした。

「言い訳は潔《いさぎよ》くないよ。オレたち、どうして毬ちゃんがあんなことをしたか、知ってるんだ。手段はよくないけど、気持ちはわかる」

全員が、友樹を見ていた。

第三章　動揺　――嘘つきは誰？――

1

友樹《ともき》

去年風高をやめた飯田《いいだ》健太郎《けんたろう》。そいつのことを調べに行って知ったんだ。中学のときに、彼が気にかけていた後輩がいたって。

飯田先輩にはふたつ年下の妹がいて、その妹の友人だという。飯田先輩は小さいころから体格もよく親分肌で、近所の遊び仲間のリーダー的な存在だったらしい。男子と女子では友人関係も異なるし一緒に遊んでなかったかもしれないけど、妹もその友人もいざというときは彼を頼りにしていた。

中学のころ、妹やその友人にトラブルがおきないよう、彼女らが所属した部活動の男子に話をつけておいたこともあるそうだ。

妹の友人は、飯田のことが好きだったんじゃないか。飯田先輩の中学の同級生はそう言っていた。早合点《はやがてん》でオレを殴ろうとした、他校のサッカー部の人だ。昼休みや放課後など、三年生の教室前の廊下でいじらしげに待っていた姿を覚えているという。

つきあっていたのかというオレの質問には、こう答えた。

――ないない。飯田にはカノジョいたし。スタイルのいい美人。卒業してから別れたけどさ。妹のツレってのはガキそのものだよ。もっとも今は、かわいくなったって聞いたけど。

もうわかっただろ？　妹の友人が、毬《まり》だ。

「屋上に注目を集めたい、それが毬ちゃんのしたかったことだろ？　去年、酒井《さかい》先輩と飯田先輩の間でトラブルがあって、酒井先輩が屋上から落ちた。そのことをもう一度みんなに思い出させるために。屋上でなにがあったのか、はたして女子生徒はいたのか、彼らにしかわからない。なのに酒井先輩の主張だけが通り、飯田先輩は嘘《うそ》をついたと思われて学校をやめた。親の都合だったとしても、そんな風に去るのは不本意だよな。だから今回のことで警察が来るならば、それはそれで構わない、そう思っていた」

「違う！」

オレの言葉を、毬が遮った。

「違うんだから。健ちゃんは日本に残りたいって言ってた。ナオ――妹のナオちゃんはアメリカに行くけど、健ちゃんは親戚《しんせき》の家に居候《いそうろう》させてもらえるよう頼んだって。親の赴任だってすぐ終わるかもしれないし、高校を卒業するまで残り一年半だしって。だけど周り中が敵になった。健ちゃんは弱い人じゃないけど、それでも……」

「日本に残るか親についていくか、僕だったとしても悩むね。だけど飯田先輩は納得して渡米したんだろ」

宙太《そらた》が言う。

「わたしは納得していない。どうしてみんな健ちゃんの話を信用しないの？　健ちゃんは理由なく誰かを殴る人じゃない。酒井先輩と一緒にいた女子生徒を助けただけ。なのに健ちゃんが嘘をついているとされた。学校から去ったのをこれ幸いとうやむやにされた。理由はわかってる。下手に騒いで学校の名前に傷がついては困るから。健ちゃんが学校に目をつけられていたから。酒井先輩が生徒会の副会長だから。ふたりの信用度は違った。健ちゃんが無断でアルバイトをしたのがいけなかったのかもしれない。でもそれにも理由がある。中学時代の友だちが、怪我《けが》してバイトに入れなくなったの。先生には後で説明したけど、規則では先に申請することになってるって怒られた。健ちゃんは反論した。急いでいて待っていられなかった、電話やメールでも済ませられるならそうしていたと。以来、扱いづらい生徒というレッテルを貼《は》られた」

「その話も、中学の同級生って人から聞いたよ」

オレは、毬をなだめるように言った。

「そう。じゃあ鷹端《たかばた》くんはどう思う？　健ちゃんが悪いの？　バイトを代わってあげた中学の友だちは、学校に納めるお金の一部を自分で出してる。修学旅行の積立とか教材費とかをね。クビになったら学校に行けなくなるかもしれない。友だちを手助けすることと規則と、どっちが大事？」

オレは考え込んだ。どっちだろう。

……もしも宙太が、紀衣《きい》が、ユカリが、響《ひびき》が、同じような状況に置かれたら。彼らを助けることと学校の決めた規則と、天秤《てんびん》にかけなくてはいけないとしたら。

「わからないけど……、オレは、友だち、かな」

毬の表情が少しだけ緩む。

オレ、かっこつけてないか？　毬に良く思われようと考えてないか？　天秤に載せたのがさっきみたいなケースだからそう言えるけど、もっと大きな規則だとしたら？

オレは正しい選択ができるだろうか。

「要領が悪かったことは、たしかだろうな」

宙太がさらっと言った。

毬が睨《にら》む。

「そのときも、多分バスケ部でも、去年の屋上の事故のときも、飯田先輩は少しずつ対応を誤った。酒井先輩が落ちたときに逃げたのはまずいだろ。だから余計に——」

宙太の言葉を、紀衣が止める。

「待って待って。当時の話を責めてもしょうがないよ。なにより本人いないし。今、話をしているのは、骨格標本落下事件のことでしょ？」

　失礼、と宙太が言い、あたりが静かになった。

　沈黙の中、毬がため息をつく。

「……みなさん。巻き込んでごめんなさい。言い訳になってしまうけど、去年屋上にいたという女子生徒を見つけ出すことができたら、ちゃんと告白するつもりでした。骨格標本を落としたのは……ううん、落としたようにみせかけたのはわたしです。やり方も、さっき南雲《なぐも》くんが説明したとおり」

　まじかよーっ！　という声が、斉藤《さいとう》や迫田《さこた》たちから聞こえた。

　いやおまえら、宙太の説明聞いてたろ？　今驚くなよ、今。

　もっともオレも、本当だったのかよ、って気分なんだけどさ。ギリギリまで毬を信じてた。でも本人が認めたんじゃ、なあ。

「骨格標本は自分で買ったの？」

　宙太が念を押すように訊《たず》ねる。

「ええ。うち、三階建てで物干し用の小さいバルコニーがついてるの。そこから庭に投げて壊した。校舎の高さとは違うけど、花壇には雑草があって衝撃が和らぐだろうから、差し引き変わらないかな、って思って。ブルーシートを敷いておいたから、綺麗《きれい》に全部回収できた。でももしバレちゃったら、そのときはそのとき。全校集会なり学校のホームページの掲示板なりで全部ぶちまけるつもりだった」

「……なにその自爆テロ」

ユカリが呆《あき》れたようにつぶやく。

「映研の骨格標本を部室に隠したままにしたのも、一時的に盗《と》られたように見せかけられれば充分だと思っていたからだよね。大雑把だったのは、だからだ」

「ええ。でも、ここはよく鍵《かぎ》が開いていたから、折を見て外に出そうとは思ったよ。チャンスがなかったけど」

宙太の確認に、毬がうなずく。響が質問した。

「それでも大胆すぎるよ。ここまでする必要あった？　先生には相談しなかったの？」

毬は苦笑する。

「響ちゃんって、純粋。相談したって戻る答えは決まってるよ。去年の段階で、先生たちも一応調査はしてる。でも見つからないし、酒井先輩も、いたはずの女子生徒も口をつぐんでるんだよ。いなくなった健ちゃんより、今いる生徒のほうが大事、それが現実。健ちゃんももう諦《あきら》めてる」

「本人が諦めてるのに、どうして？」

紀衣が訊ねた。

「要領が悪いって、さっき南雲くん、言ったよね。……わたしもそう思う。健ちゃんは世渡りが下手だった。もうちょっと頭よく立ち回ればよかったのにって、同情してくれた先生もいたみたい。ただその先生も、結局は口だけ。もう忘れているんじゃない？　だけど、わたしはそれでいいとは思えない。長いものには巻かれろ？　それがどんなに汚いものだとしても？」

毬が、周りの連中を見据えた。頬をピンクに染めて、ひとりずつを睨んでいく。

その迫力に、息を呑《の》んだ。

守ってあげたいタイプだと、そう思ってた。

オレ、とんでもない思い上がりだ。毬は自分ひとりで立っている。そんな毬が守ろうとしているのは、飯田本人じゃない。そいつの名誉だ。自分の中の正義だ。

見えないもののために、毬は戦いを挑んでる。

「けれど今のきみは、屋上でなにかがあったという噂《うわさ》を煽《あお》ってるにすぎないよ。酒井先輩も迷惑だと感じてるし、受験勉強の邪魔にもなってるけど、そんなことで一緒にいた女子生徒の名前を喋《しゃべ》るとは思えないな」

宙太が言い放つ。

「それもちょっと違う」

毬がゆっくりと、首を横に振った。

「違う？」

「わたしが揺さぶりたかったのは酒井先輩もだけど、むしろ、その場にいた女子生徒。

――久遠寺《くおんじ》沙耶《さや》先輩」


飯田先輩のことが納得できないまま、毬は風見高校に入ったという。

自転車で通える距離だったし、気に入らないというだけの理由でランクを落とした高校に行くのも癪《しやく》だったそうだ。自分が真相を暴《あば》いてやるという気概もあったらしい。どれが一番強い理由なのかはわからないが、毬はひとつずつ証拠を集めることにした。

生徒会副会長の酒井博史《ひろし》は、周囲の信頼を集めていた。

多くのアイディアを持ち、気が利《き》いていて、会長より実行力もあると評判だった。見かけも爽《さわ》やかで女子に人気があった。つきあっている子はいないらしく、特に副会長を務めてからは噂もなかったが、それ以前には多少、取り沙汰《とざた》された子もいるようだ。

毬は、中学時代の酒井先輩を知っていた。今より少し、悪い印象だった。頭は抜群にいいが、冷たく小狡《こずる》いところがあると。弁が立つことを武器にして、学校やクラスの役割を言い抜けてさぼることがあった。彼に都合がいいように従わせることもあった。

それは三年も前のことだし、飯田先輩の主張と対立しているから、自分の考えにバイアスがかかっているのかもしれない。毬は心がけてフラットに受け取ろうとしたという。生徒会のボランティア活動で活躍する酒井先輩のようすを見ていると、悪い人じゃないようにも感じた。

でもそれだけに、一筋縄ではいかない相手だ、とも。

冷静な毬が、オレはちょっぴり怖い。そして毬のこころの大半を占めているのが、飯田のヤローなんだとよくわかる。

ともあれ毬は、一度でもつきあっていると噂された女子生徒を、順に調べはじめた。彼女らは去年の落下事故の際、すでに学校から聞き取りを受けていた。教師が一度は調べた生徒たちだ。アリバイがあったり、誤解だったりと、屋上から消えた女子生徒とするには決め手に欠けた。

そんな中で浮かび上がったのが、久遠寺沙耶だ。

酒井先輩は生徒会副会長という立場から、沙耶先輩は映研の部長という立場から、ことあるごとにふたりはぶつかっていた。とはいえそれは部活動について、補助金や同好会への降格のことのはずだ。口論がエスカレートするのは仕方ないとしても、学校だけでなく、学外でも険悪なようすのふたりを見かけたというのはどういうことだろう。噂によると、乗り換え駅のファストフード店で睨み合っていたとか、公園で議論をしていたとかいう。酒井先輩は毬や飯田先輩と同じ中学校だから、自転車通学だ。それが駅で目撃されているということは、わざわざ出向いたということになる。

もちろん沙耶先輩も、先生から聞き取りを受けていた。アリバイがあり、すぐに除外されたようだが。

「そのアリバイを証明したのが、撮影中の映画だった」

毬は言った。

ああ、と斉藤たちがうなずいた。彼らも知っていることなのか。

「沙耶先輩は酒井先輩が屋上から落ちた時刻に、空き教室を借りて撮影をしていた。場所は特別教室棟にある地学室」

毬の言葉に、斉藤が補足する。

「あそこは遮光カーテンとモニターがあるから、僕らもたまに借りる」

「物理室の隣だな。昔は地学部や天文部のなわばりだったらしい。でも理科学部と一緒になってからは使っていないんだ」

宙太も言った。

「ちょうどビデオカメラを回していたからと、沙耶先輩は先生に映像を提出したの。教室の時計が写っていて、それが酒井先輩の落下時刻のあたりだったから、アリバイ成立。でも時計なんて針をいじればいくらでもごまかせる。遮光カーテンもかかっていて、太陽の明るさとか考慮に入れなくていいし、外からも見えない。そんなのがアリバイとして認められるなんて絶対におかしい」

「それだけじゃないよ。目撃者がいたんだ。僕らも沙耶先輩から聞いている。その映像の前に、当時一年生だった男子二名が、間違って地学室に入ろうとした。彼らが、沙耶先輩と守屋《もりや》先輩のふたりがいたことを、証言している」

斉藤の言葉に、毬が悔しそうに、知っているとうなずいた。

「酒井先輩が落ちた時間はいつだ？」

宙太が興味深そうに訊ねた。

「十七時――午後五時二十五分から二十六分で、ほぼ間違いない。これは中庭や昇降口にいた子たちからわかったことで、酒井先輩が落ちたときに、見たとかビックリだとか、ケータイで友だちにメッセージを送った時刻なの。悪趣味だよね。そこは敵ながら同情する。一方、沙耶先輩はアリバイ映像をそのまま映画に使った。映画『Spend time together』では、五時二十分と、二十二分から二十五分までを示した時計が写り込んでいた」

毬が答えた。映画の中の時刻まで覚えているとは。すごい執念だ。

「すると沙耶先輩は、地学室で一年生、つまり今の二年生に目撃されたあと、屋上に行って酒井先輩とトラブルを起こして飯田先輩に助けられて逃げた、って流れなのか？アリバイ映像が嘘だったとしても忙しすぎるんじゃない？」

宙太が言う。毬が首を横に振った。

「屋上に行ったのはその前かもしれない。健ちゃんと酒井先輩は、女子生徒がいなくなってからもケンカをしていたんだし。沙耶先輩は急いで地学室に戻った。そしてその直後に目撃された、という流れ。落下事故もほぼ同じころに起こっていて、落ちたときには屋上にはいなかったんだけど、疑われないよう補完するためのビデオを撮った」

「屋上でどれだけ長い間ケンカをしてたんだ？　ずっと騒いでいたら誰か止めに来るよ」

苦笑する宙太に、だけど、と毬は続ける。

「もうひとつ証拠がある。『Spend time together』は学校が舞台で、全編制服を着ているんだけど、そのシーンだけ沙耶先輩はジャージ姿なの。一緒に写っている守屋先輩は制服のジャケットなのに、沙耶先輩は上着だけ体育のジャージ。健ちゃんは、酒井先輩は屋上で女子生徒に襲いかかっていた、その子はシャツの前を押さえながら走っていった、そう言ってる。破かれたからジャージで撮るしかなかったんじゃない？」

「見ようと思ったらなんでもそう見えるって気もするけど。時刻のこともそうだよ。後からでも撮れるという可能性じゃなく、こうやって細工しているという証明をしないと」

宙太が、興奮する毬を押しとどめている。

「わかってる。だから屋上に注目させることで、もしも誰か、忘れていることがあれば、思い出してもらいたいと思ったの。偽装には守屋先輩も協力してるはずだから、そっちも揺さぶりたい」

「もしかして、文化祭のときに何度も映研の上映に来ていたっていうのは、『Spend time together』を見るため？」

紀衣が訊ねる。

毬が深くうなずいた。

「えー？　僕の映画じゃなかったの？　だから映研に誘っても来なかったわけ？」

斉藤が哀愁溢《あふ》れる表情をしていた。

「沙耶先輩に近づけるなら入ってもよかったけど、引退したでしょう。他にも取り沙汰されてた子はいたし、もっともっと調べたかった。時間を取られるのが嫌だったの。でも調べてみて、やっぱり沙耶先輩しかいないと思った」

「久遠寺綺《あや》が好きだと言ってたのも、狙《ねら》いは沙耶先輩？」

ユカリが呆れている。

「ごめんなさい。とっかかりになるものがないか探してて」

毬が申し訳なさそうに肩をすくめ、でもすぐに訴える声を上げる。

「ねえ、おかしいと思わない？　今回、絢子《あやこ》先生の『あとでのこと』を映画にするってことになったら、とたんに『Spend time together』のＤＶＤがなくなったんだよ。このタイミングで消えるかな。屋上で撮影してるってことで沙耶先輩がピンときて、見られないように持ち出したんじゃない？」

「ここの鍵は僕らが受け継いでるよ」

斉藤が言う。

「でもその鍵はコピーなんでしょう？　沙耶先輩がもう一本作っていたとしても不思議じゃない」

「他のDVDも盗まれてるんだけど」

迫田が続ける。

「カムフラージュの可能性もある」

毬は負けない。穂積《ほづみ》も訊ねた。

「それこそ篠島《しのじま》さんが持っていったんじゃないの？　アリバイ映像の研究のためとかで」

「正直言うと、捜してた。だけど見つからなかった」

そういえば先週の金曜日、毬はDVDのある棚のそばにいた。あわよくばと思っていたのだろうか。それもこれも全部、飯田先輩の、そいつのため。

ため息が出た。

紀衣が黙ってオレの肩を叩《たた》いてくる。

どういう意味だよ。オレは別に傷ついてなんてないぞ。騙《だま》されたとも思ってない。思

って なんて……、いやそう感じるってことは、少しは思っているんだろうか。

毬が再び、頭を下げた。

「ごめんなさい。みなさんには本当に迷惑をかけました。先生方にも謝りに行きます。特に絢子先生には、迷惑かけて、すごく申し訳なかったし」

「でもその代わり、爆弾を投下するつもりなんだよな？」

宙太が苦笑している。

「再度問題にしてもらえるよう、訴えてきます。それがだめなら、生徒会にも疑義を提出してみる」

顔を上げた毬は、堂々としていた。

「ちょっと待ってくれないか」

宙太がそう言って、全員を見回した。

「毬ちゃんの決意はわかるけど、生徒会が問題にするかどうかはわからない。僕はこの件に興味を惹《ひ》かれた。だからもう少し考えてみたい。最初にみんなに、秘密を共有してほしいって言ったのは、だからなんだ。よかったらしばらく僕に預けてもらえないかな」

あー、ちくしょう！　宙太のヤツ、またいいとこ持ってきやがって。

2　ユカリ

週が明け、いつものように図書準備室でお弁当を食べていた昼休みに、富永《とみなが》が突然言った。

「土門《つちかど》さん、なにか目論《もくろ》んでないかな?」

「久遠寺先生に文芸部に関わってもらうって話ならとっくに諦めてますよ。教育実習は終わったし、大学があるから東京に戻っちゃうし、いちファンとして応援していきます」

富永がじっと私を見る。眼鏡の下、綺麗な瞳《ひとみ》をしている。あ、光彩の色、薄いんだ。心拍数が上がりそう。だけど富永に甘い意図がないことはわかってる。どうみても疑いの目だ。富永が私までをも疑っていることで、正直傷ついていた。

「映研の話だよ。骨格標本落下事件のことで、あちこちに聞きまくっているんだってね」

「疑いを晴らすためです。富永先生も私たちがやったと思ってるんでしょう? 違いますからね」

「思ってるわけじゃないけれど。……まあ、あまりひっかきまわさないように。三年生は受験だし」

富永が言う。なによそれ。ちょっとがっかりしちゃう。富永も長いものには巻かれろって言ってるんだろうか。

あの後、映研の三人は、骨格標本の仕掛けを解いた宙太に敬意を表して、一週間なら待つと言った。だけど、もしも骨格標本を落としたのが映研だとされて活動休止や同好会降格といった事態になるようなら、直ちに毬のやったことを話すという条件付きだ。

タイムリミットは一週間。区切られると、なんだか燃える。

宙太はどうするつもりだろう。毬から酒井先輩との仲を噂された女子生徒のリストをもらって再アタックすると言っていたけれど、ほとんどが三年生だ。この時期に相手が取り合ってくれるだろうか。他にもなにか、打つ手を考えなきゃ。

頭を巡らせているうちに昼休みが終わった。予鈴が鳴り、教室へと急ぐ。と、片倉《かたくら》が後ろから肩を叩いてきた。彼女も昼食を図書準備室で摂《と》ることが多いが、特に話をするわけでもなく、本を読んだりケータイでネットをしたりと、お互いマイペースに過ごしている。

「なにか？」

「ずるい。富永先生に気遣われてる」

片倉は不愉快そうだ。

「どこがよ。釘《くぎ》を刺されてるだけなのに」

やだなあ。またなにか面倒くさいことを言い出すんだろうか。

「知らないようだから教えてあげる。ここのとこずっと、土門さん図書準備室に来なかったでしょう」

私はうなずく。紀衣や宙太たちといろいろ調べていたからね。身体《からだ》はふたつもない。

「先輩が、骨格標本落下事件はやっぱり映研がやったことかなって、土門さんも関わってるのかなって話してたんだ。誰がそう言ったかは聞かないでよね。チクりたくないから」

「チクるってほどでもないよ。そう思ってる人、多いし」

残念だとは感じるけれど。

「あっさりしてるのね。別の先輩は酒井先輩の話をしてたよ。酒井先輩にふられた子の嫌がらせとか、もしくは自殺予告じゃないかって」

「ふられた子って？　去年の落下事故のとき、酒井先輩に襲われた子がいたって噂があるの知ってる？　同一人物？」

「でもそんな子はいなかった、っていうのがホントでしょう？」

片倉は疑問さえ持っていないようだ。

「真実はわからないよ」

「その噂を真実にしてやろうと骨格標本を落とした、って話になってたわけ。酒井先輩が全然相手にしてくれないから、腹いせで」

そういう説もあるのか。関心を呼べたって意味では、毬も成功したわけだ。

「と、まあ、そんな話は横道で、あたしが言いたいのは富永先生のこと。土門さんを疑ってた先輩に、信じてやれって言ってたの。土門さんはそんなことしないって庇《かば》ってた」

「本当に？」

富永こそ、私を疑ってたのに。

「嘘ついてどうするの。悔しいけど、それだけ」

「待ってよ。どうしてそれ、わざわざ言ってくれるの？」

片倉が唇の端を歪《ゆが》める。

「例の件のお詫《わ》び。いつまでも借りを作ってるの、嫌だから」

「……ええっ？　でももうそれは、今さら」

「今さらでもなんでも、そういうの気になるの。下に見られてるような気がするし。じゃあね。先に行くよ」

片倉が走っていった。途中で出会った先生に、廊下は歩きなさいと叱《しか》られている。

なにあれ。本当に面倒くさい子だなあ。

思わず笑いが込み上げてきた。

放課後、最後の授業が終わった後で、絢子先生が教室に入ってきた。部活に行ったり帰ってしまった子もいるけれど、残っていた子たちが盛り上がる。

私はそんなタイプでもないから、一緒になってきゃあきゃあと騒ぎはしなかったけど、とても嬉《うれ》しかった。どうやって話しかけようかと機会を窺《うかが》う。

なにがあったのという質問に、実は忘れ物を取りに来たのだと絢子先生が告白し、爆笑が起きた。

絢子先生らしいなあ。だいじょうぶ？　わたしたちのことは忘れないでね。がんばってー。口々に温かい励ましの声がかけられている。

絢子先生は教卓の中を探り、眼鏡ケースを出して鞄《かばん》にしまった。

「やだー、先生、忘れ物って眼鏡？」

誰かが言い、再び教室が笑いに包まれた。

「忘れてない。ケースだけ！　今もかけてるでしょ、ほら」

「眼鏡をかけながら、眼鏡どこ眼鏡どこー？　って捜してるコントかと思ったよ」

絢子先生はえへへと笑った後、もう一度ありがとうと言って、また腰を机にぶつけ、教室を後にした。みんなが廊下側の窓を開け、くったくなく手を振っている。

今いかなきゃ、と私は追いかけた。骨格標本落下事件のせいで、うかつに近づいちゃいけないみたいな雰囲気になってしまった。読書会のことだって、ちゃんとお礼が言えないままだ。もう少し、もっとゆっくり、話をしたかった。

「絢子先生、ありがとうございました。いろいろとご迷惑をおかけしてすみませんでした。単位はもらえそうですか？」

ああ、そんな誰にでも言えることじゃなくって、もっと。

「だいじょうぶだいじょうぶ。こちらこそごめんね。映画作り、結局ダメになっちゃって」

「でも斉藤くんは諦めてないみたいです」

当の斉藤は、残念ながらチャイムと同時に消えていたが。

「そういえばこれ、斉藤くんに渡そうと思っていたの。預かってもらっていい？」

絢子先生が鞄の中から出したのは、一枚のＤＶＤだった。ケースに入っていて、綺麗な字でなにか書かれた付箋《ふせん》が貼られている。Spend time……

「これって……」

「沙耶が撮った『Spend time together』。斉藤くんたちが捜しているって聞いて。コピーだけど、内容は同じだと思う」

「持っていたんですか？」

実はね、と絢子先生が小さく舌を出す。

「実習中だと他の先生たちにまたなんか言われるかなーって思ったし、沙耶も多分、嫌がりそうだし。あの子、学校では絶対にわたしと口きかないって決めてるみたいで、すれ違っても目も合わさないわ、避けるわ。まあ、家でも似たようなものだけど」

絢子先生が苦笑する。沙耶先輩も、姉とは話なんてしないって言っていたっけ。

「今年のお正月だったかな、沙耶からもらった。対抗心、じゃないかな」

「対抗心ですか」

本人からも、そのギラギラした気持ちは覗《うかが》えた。絢子先生も感じ取っていたんだ。

「姉さんは作品を最後まで作ることができないって、よく言われた。たしかにわたしは、つい考えすぎて止まってしまうのよね。でもそのときには一応、デビュー作は書き上げてたのよ。沙耶に言ってなかっただけ。沙耶は、自分は違う、自分はこれだけのものを作り上げたんだ、ってわたしに見せたかったんだと思う」

「お借りできるんですか？」

「あげてもいいよ。ううん、映研で持っててもらったほうがいいかな。だってせっかく撮ったんだもの。部に置いてないのは残念だよ」

はい、とうなずく。それが大半の反応だよね。沙耶先輩の真意はわからないけれど、やっぱり作ったものがなくなっちゃうのは、寂しい。

「ありがとうございます」

私は頭を下げた。

「わたしが言うのもなんだけど、面白いよ。切なくて心が苦しくなるような、いい作品。悔しいぐらい」

切ない……？

沙耶先輩の雰囲気からは、まるで想像ができない。

私の表情に気づいたのか、絢子先生はぽんと二の腕を叩いてくる。

「沙耶、他人に気を遣うタイプじゃないから怖く感じるかもしれないけど、ホントはいい子なんだよ。なんにでも全力投球だしね。そのせいでトラブルも起こすけれど。……水泳部とのこと、教育実習に来てはじめて聞いた。失礼だよねえ。知ってる？」

「はい。紀衣……汐見《しおみ》さんに教えてもらいました」

「わたしも教わったのは水泳部の子から。もう、どれだけ恥ずかしかったか、今思い出しても顔が赤くなりそう。沙耶ってね、良くも悪くも前しか見てないんだよ。まあ、わたしはどこも見えずに、よくぶつかっているんだけど」

えへへ、と絢子先生が肩をすくめる。

「土門さんもがんばってね。あなたの文章、端正でかっこいいと思うよ」

絢子先生の言葉に、頭がぼっとなった。そんなストレートに褒められるなんて。富永にも誰にもされたことがない。

「嬉しいです！　がんばります」

じゃあね、と絢子先生は手を振って、廊下中央の階段を下りていく。ああ、舞い上がってるうちに話が終わっちゃった。

「絢子先生！　手紙書きます！　文芸部の機関誌送ります！　また読んでください！」

背中に呼び掛けると、もう一度振り向いてうなずいてくれた。住所を聞いていないことに気づいたのは、姿が消えてからだ。でも富永に訊《き》けばわかるだろう。

私の手に、『Spend time together』のＤＶＤがある。

この中に、沙耶先輩が屋上にいたかどうかが隠されているのだろうか。


宙太と友樹、響と毬、そして斉藤が映研の部室に集まった。紀衣は、どうしても水泳部を休めないという。三日休んで、先輩からかなり怒られたそうだ。私も図書室に行きたい気持ちはあるけれど、映画の中身が気になって仕方がない。

部室には古いＤＶＤデッキとテレビはあったが、パソコンはなかった。編集は個人のパソコンでやるか、パソコン室にある映像系のソフトが入ったものを借りるそうだ。沙耶先輩は、自分のノートパソコンを持ってきていたらしい。

「残念。パソコンに取り入れてコピーができるようなら、借りてじっくり見たかったんだけどな」

　宙太が言う。

「そのまま貸すよ。僕は何度も見ている。でも違和感はなかったっていうか、そういう目で見ていなかったしわからなかった」

　斉藤が答えて、映画がはじまった。

　ふたりの女子生徒が、じゃれあいながら廊下を歩いていく。他愛《たわい》ない会話。くすくす笑い。やがて下校風景に変わったけれど、同じような調子だ。自転車にふたり乗り。耳元にささやいているなにか。

　沙耶先輩と、守屋先輩だ。

　長袖《ながそで》のジャケットを着ている。酒井先輩の落下事故は七月だけど、もうちょっと前の撮影なのだろうか。とすれば一年以上前。沙耶先輩の髪は今よりも短い。一方、守屋先輩の髪はとても長かった。まっすぐで豊かだ。どちらも、少し幼い印象がある。

　楽しい時間はふいに終わり、画面が一変した。真っ暗な中に流されるサイレンの音、そして読経《どきょう》の声。

　守屋先輩は、リボンのかけられた黒縁の額の中に入ってしまった。優しそうな表情が、いっそうもの悲しく感じられる。

もっとはじけた笑顔の写真が、ケータイの待ち受け画面からこちらを見ていた。頬と頬をくっつけた沙耶先輩と共に写る顔。それを持つ沙耶先輩のもう一方の手には、数本の髪が載っていた。長さから見て、守屋先輩のものだろう。

沙耶先輩はインターネットでカツラを購入した。そこに接着剤で数本の髪をつける。誰もいない教室で、沙耶先輩はぬいぐるみにカツラを被《かぶ》せた。モップの柄にカツラを被せた。そして忍び込んだ生物室、骨格標本にカツラを被せた。いとおしそうに、沙耶先輩が骨格標本のしゃれこうべを撫《な》でる。やがてその顔に、守屋先輩の顔が重なっていく。

そこからふたりの冒険が始まった。音楽が高まる。守屋先輩の姿に、ときおり骨が二重写しになっていた。ふたりは廊下を走り、階段の手すりをスカートのまま滑り、図書室の棚でかくれんぼ、無人のプールに飛び込んだ。水の中、カツラが浮いてきて、慌《あわ》てて回収する手が写っている。

プールだけでなく、校内はどこも無人だった。これは沙耶先輩の夢ではないか、そんな予感もする。

プールの次のシーンで、再び教室が写った。問題の地学室だろう。沙耶先輩は下が制服のスカートで、上はジャージだった。守屋先輩は制服姿だ。机の上に、濡《ぬ》れた制服のジャケットが置かれているのがアップで写った。どちらかの手が地球儀を回す。遠景にもどったそのときに、壁の時計が写っていた。針が示しているのは五時二十二分。秒針はてっぺん。下のほうにデジタル表示で、年、月、日、そして17：22と出ている。カメラがどこかに据え付けられているのか、ここからはずっと遠景のままで、ふたりが会話をしていた。沙耶先輩が地球儀を手にして、守屋先輩の周りを地球の公転と反対周りに回る。やがて時計の針が五時二十五分を通過し、そこで再び地球儀がアップになる。

また別のシーンに移った。制服姿に戻った沙耶先輩と守屋先輩が校内のあちこちに出没し、楽しげに笑っている。

さらに再び、自転車でふたり乗りをする沙耶先輩と守屋先輩がいた。しばらく走りながら会話を交わす。

――どこまで行ける？

――どこまでも。ずっと。ずっと一緒に。

後で答えたほうが沙耶先輩だ。

――どこへ行くんだろう？

――好きなところに行けるよ。ふたりで、この自転車で。

――空も飛べる？

――全速力で走ったら、きっと飛べると思う。飛ぼう。一緒に。

――うん。ありがとう。ありがとう。

守屋先輩が背中から、ぎゅっと沙耶先輩を抱きしめる。

突然自転車が倒れた。そばには骨格標本。沙耶先輩が自転車を起こし、立ちすくんでいる。青空が写り、タイトルが載る。
Spend time together. 文字が雲の中に消えていく。

「……わたし、この話好き」

響がつぶやいた。

「ちょっと少女趣味だとは思うけど、面白いんじゃねえの」

友樹が言う。宙太もうなずいている。

「さっき、絢子先生が言ってた。沙耶先輩は、他人に気を遣うタイプじゃないから怖く感じられるけれど、そんなことないって。私が思っていたよりずっと、詩的でかわいらしい映画だった。沙耶先輩ってキビキビしてるじゃない。だからもっと理屈っぽいものを作るのかと想像していた。中身は全然違うのかもしれない」

私の言葉に、響が笑顔になった。

「他人に気を遣うタイプじゃないから怖くみえるって、ユカリちゃんもかもしれないね。本当はとてもかわいいのに」

「わ、私のことは、今、どうでもいいの！　それより『Spend time together』のこと！」

「ほらそうやって、照れるとこがかわいい」

　響がひとりでくすくす笑っている。

「な？　いい映画だろ？　この、ふたりの友情の一瞬一瞬を切り取る感じがいいんだよ。沙耶先輩のやりきれなさ、守屋先輩の消えそうな雰囲気、最高じゃん。自転車のシーンには、『キッズ・リターン』の影響も入ってるよなー。観《み》たことある？　北野武《きたのたけし》監督の『キッズ・リターン』。僕らが生まれる前の映画だけどさ、めっちゃいい感じなんだよ。特に——」

「語るなよ、斉藤」

　友樹が短く制する。

「映画そのものは、わたしも嫌いじゃないけれど」

　毬が、すねたような表情で言った。そして続ける。

「だけどこれ見て思ったわけ。どうしてあのシーンだけジャージ？　プールで濡れたから着替えたって設定みたいだけど、プールに入ったのはふたりともじゃない。沙耶先輩だけっていうのが変。上着のジャケットだけ水浸しっていうのも変。プールのシーンもジャージを着るためのこじつけみたい。しかも時計が出てくるのはここのシーンだけ。地学室のシーンに移ったときにまず一回、五時二十分。その後、アップのシーンを経て、二十二分から長回しで二十五分まで。わざとらしく、わたしは酒井先輩が落ちた時間にここにいましたよ、って言ってる」

最初の二十分のところは気づかなかった。そう言うと、斉藤が画面を戻してくれた。たしかに写っている。

「時計が出てくるのは、会話の内容のせいじゃない？　地球を逆向きに回したら時間が遡《さかのぼ》るんじゃないかって言いながら、太陽に見立てた守屋先輩の周りを沙耶先輩が地球の公転とは逆に動いてたよね。でも時間は決して戻らないってことを示したいんだよ」

私は説明した。そのぐらい、毬にもわかっているだろうけど。

「じゃあ濡れているジャケットの謎《なぞ》は？　遠景で写されているときには、濡れたジャケットは教室のどこにもなかったよ？　あとからつけたしたんじゃない？」

それに関しては、と斉藤が手を上げた。

「編集と記録のミスだと思う。映画は頭から順に撮っていくわけじゃないってことは、この間撮影に参加してわかったと思う。同じ場所だとしても、ロングを回しながら、次のシーンはアップを撮って、小物を写して、って撮るわけじゃない。カメラも一台しかないしね。アップのシーンは編集でインサートするんだよ。うっかりしていてロングのときは写っていなかったとか、編集段階にきてから濡れた服もあったほうがいいと思って追加で撮ったけど、ロングで写ってる部分との繫《つな》がりが甘かったとか、そういったケースじゃないかな。有名な作品でも小道具のミスはあるんだよ。『アンタッチャブル』

の紙マッチ事件ってのがあって――」

横道に逸《そ》れそうになった斉藤の説明を、友樹が止めていた。

「紀衣が訊いてきた話だけど、守屋先輩はスクリプターを担当してたって言ってた。記録係のことだよね。そこのミスってこと？」

私の質問に斉藤が微妙な顔をする。

「それはそうだけど、最終的には監督の責任だ。守屋先輩にやめられたから、撮り直しができなかったってこともあるかも。でも今の、よく気づいたなってぐらいのミスだ。流して見てたらわからない」

「沙耶先輩がアリバイに使った映像は、具体的にどの部分になるんだ？　今の説明だと、つぎはぎされているってことだよな」

宙太が訊ねる。

「長回しのところだろうね。三脚に載せたビデオカメラで撮りっぱなしにしてるんだろう、視点が、つまりカメラが動いていない。カメラは主に沙耶先輩が回してたらしい。ふたり同時に写っているシーンは据え置きで、動きが必要なところは写真部の人間に手伝ってもらったって聞いた。地学室の部分は見るからに据え置きだ」

「なあ、沙耶先輩が吐かないなら、もうひとりの守屋先輩を攻めりゃいいんじゃねえの？」

友樹が言った。

「遠回しにだけど、一応は訊いてる。でも全否定。撮影をしていたとしか答えてくれなかった。細かいことはもう忘れちゃったから沙耶に訊いて、とも言われた」

毬が首を横に振る。

宙太がリモコンを借り、問題のシーンを再度流した。

地学室のシーンは思いのほか長い。宙太はケータイのストップウォッチを利用して時間を確認していた。

「五時二十二分から二十五分のところは、経過時刻通りの映像を使ってるんだな。そしてその前に、五時二十分のシーンがある。ふたりの一年生――現二年生が地学室に来て沙耶先輩たちを目撃したのは、二十分以前だろうな。ギリギリ、二十二分までの二分間だった可能性もあるけど。一方、酒井先輩が落ちたのは二十五分から二十六分の間だ。僕も試しに、特別教室棟にある地学室から一般教室棟の屋上前までを移動してみたけど、走っても一、二分はかかるよ」

宙太が言った。

「だから、時計なんていくらでも細工できるんだってば」

毬が語気を荒くした。

「でもそのトリックをどう証明する？　例えば、壁の時計は五時二十分を指しているけど、ふたりの持ってるケータイや腕時計が別の時刻を示してるとか、そういうのだったら証拠になるよ。でも今の映像だと不自然なところはない」

宙太がさらにもう一度、該当箇所を再生する。ケータイも腕時計も写っていない。

「デジタルデータだよね？　オリジナルの、編集前のデータがあればファイルの更新日時とかが見られるんじゃない？」

私の質問に、斉藤がうなった。

「ここにはないよ。もしかしたら沙耶先輩が持っているかもしれないけど、編集する前のデータなんて、凝る人だったら膨大にある。消してるかもしれない」

「アリバイ部分だけだよ。先生に提出されたものとか」

「そうか。赤池《あかいけ》に頼んでみる」

「完璧《かんぺき》を目指すなら、更新日時も書き換えてるかもしれないよ」

宙太が考え込んでいた。

3　紀衣

みんなと一緒に『Spend time together』を見たかったけれど、これ以上は水泳部を休めない。二年生の先輩に、教室まできて叱られたし。

九月も終わりが近づいてきた。気温はそれなりにあるのに、プールの水が冷たく感じられる。十月の半ばには市営の室内プールでの練習にシフトせざるを得ないと先輩たちが言っていた。毎日は泳げないし、レーンをひとつかふたつ借りることになるから迷惑がる一般の人もいて、肩身が狭いらしい。

「汐見さん、映研の活動を手伝ってるんだって？」

練習が終わって女子更衣室で着替えていると、二年生の先輩に肘《ひじ》でつつかれた。やばい。明文化はされてないけれど、映研には関わるな、が水泳部の部則だ。

「まじ？　あ、例の骨格標本落下事件？」

別の先輩が話に加わってくる。骨格標本を落としたのは映研じゃないし、そもそも落としたわけでもなかったのだけど。

「活動を手伝ってはいませんよー。映研の部長や出演者がクラスメイトで、疑いをかけられてるからなんとかしたいなってだけなんです」

「なんとか、って。映研が犯人じゃないの？」

「違いますよぉ」

あたしは首を横に振った。

「こーら。犬かっ！」

タオルをかけていたけど、前髪から水が散っちゃって、先輩たちがきゃあきゃあと騒ぐ。

「すみません。でも真犯人を捜して、映研は犯人じゃないって証明しようってことになって」

「へえ。そこまでするならその子たちじゃないのかもね。久遠寺沙耶ならともかく」

「一年生にそこまでの度胸はないか」

「それ、沙耶先輩ならやりかねない、って言ってるんですか？」

あたしが質問すると、ふたりは大きくうなずいた。

「なにかと傍若無人で、悪い意味での唯我独尊《ゆいがどくそん》だもん。プールの件だけじゃなく、酒井先輩のことでもさー」

「あのとき、さんざん悪口言ってたよね」

酒井先輩？　こんなとこで繋がってくるとはと、あたしは勢い込んだ。

「なにがあったんですか？」

先輩が、横目でそれぞれの顔を見ている。一方は、喋りすぎたという表情を浮かべていた。

「昔の話だし……」

小声になった先輩に合わせて、あたしも小声で頼み込んだ。

「教えてください」

「聞いてもつまんないよ」

「ジュースおごります」

「……じゃああとでも、いい？」

あたしはうなずいた。ジュース代はみんなに折半させよう。


昇降口の裏側にある中庭の自販機でジュースを買い、近くのベンチに座った。酒井先輩が落ちたところはすぐ目の前だ。なんとかその話に誘導しよう。

空はもう暗い。昇降口から届く灯りが、先輩たちの横顔を照らしている。

「去年、プールの撮影がしたいって、久遠寺沙耶が水泳部に来たじゃない。最初はほら、本性とかわからないし、雑談もするでしょ。なにかのきっかけで酒井先輩の話になったわけ。生徒会の副会長になったばかりのころだったかなあ。うちの部に、酒井先輩ファンの子がいたんだ。つきあってるとまではいかないけど、いい感じになりかけてるって、わたしたちも聞いてた」

「いい感じって、え？　本当に？」

「いやあ、優しくされた程度、だったんじゃない？」

もう一方の先輩が、小首をかしげる。

「それ、誰ですか？」

突っこんで訊《たず》ねると、さっき小首をかしげた目の前の先輩が、きまり悪そうに小さく手を上げた。

「えーっ！　ええ――っ！　嘘《うそ》っ！」

「嘘は失礼だよ」

「すみません、でも、びっくりして」

沙耶先輩がさんざん悪口を言っていた、と更衣室で怒っていた先輩だ。好きな人の悪口を聞かされたなら、怒るよね、そりゃ。

「あはは、いいよ。もう一年以上も前の話だし、ちょっと憧《あこが》れてたってだけ。酒井先輩、見かけもいいでしょ。しかも優しくて親切で、お願いしたらケータイも教えてくれた。勉強の質問とかメッセージすると、すぐ答えてくれて。忙しい酒井先輩がここまでしてくれる、わたしのことを特別に思ってくれてるの？　なーんて舞い上がってたわけ」

照れくさそうに先輩が笑う。

はあ、とあたしはうなずいた。

「よりによって、その盛り上がりが最高潮のときにだよ、久遠寺沙耶が酒井先輩は最低男だとかいろいろ言うわけ。わたしの他にも、水泳部には酒井先輩ファンはいたしさ。なんでそんなこと言うのよ！　とか、言い争いになっちゃった」

「沙耶先輩はどんな悪口を言ってたんですか？」

「見かけだおしとか、みんなにいい顔をしたいだけだとか、騙されるなとか」

「映研と生徒会がバトってるって話は知ってたから、みんな差し引いては聞いてたけど、やっぱりムカつくじゃん。一緒に来てた映研の人、守屋先輩も呆《あき》れたようすで、やめときなよって久遠寺沙耶を止めてた」

もうひとりの先輩がつけ加える。

「実はふられたばっかりだったのかもねー、久遠寺沙耶。わたしと同じように酒井先輩に期待しちゃって、でも本当は大勢の中のひとりだって気づかされて、頭にきていたんじゃないかな。今振り返ると、そう思う」

「なるほどぉー」

軽く答えながらもあたしは、それってアリかも！　と興奮していた。

ふたりのようすは公園や飲食店でも目撃されていたという。告白してふられて、沙耶先輩の高いプライドが傷ついたとか？

いけないいけない。もっと情報を得ておかないと。

「先輩と酒井先輩は、その後どうなったんですか？」

「汐見さん、訊きづらいこと訊くねー」

酒井先輩が好きだと言わなかったほうの先輩が、呆れた声を出した。

「ごめんなさい。……この場所って、酒井先輩が落ちたとこじゃないですか。骨格標本落下事件でそのことも噂《うわさ》になってて、ちょっと思い出したんで」

「どうもならなかったよ。告白もし損ねちゃった。ケータイの番号を換えられてさー。そう、まさに酒井先輩が落ちて怪我《けが》をした日からだよ。わたし、心配して何度も電話したの。だけど出てくれない。しばらくしたら通じなくなっちゃった」

「新しいケータイは？」

あたしは質問した。

「教えてくれなかった。ケータイ通じないと連絡とりようもないでしょう？　病院はすぐ退院しちゃったし、家に行こうにも場所を知らないし。会えたのはしばらく経《た》ってからだったんだよね。で、新しいのを教えてってお願いしたら、いろんな子に誤解されたし申し訳ないこともしたから教えられないって言われたんだ。そのころにはわたしも、女の子が何人か、先生に呼び出されてアリバイ調べみたいなことをされたって噂で聞いてた。酒井先輩の答え方から、わたしも誤解した子のひとりだったってこともわかった。よく考えれば、勉強を教えてくれたりケータイを教えてくれたりした程度だもん、イコール好きとは言えないよねー。でもさ、夢見ちゃったんだよね。で、そんなこんなで、忘れることにしたわけ」

「逆によかったんだよ、落下事故があって。気持ち、切り替えられてさ」

もうひとりの先輩が、なぐさめるように肩を叩いていた。

「すぐには切り替えられなかったけど、今はこうやって笑い話。久遠寺沙耶が言ってた悪口には、今でも腹を立ててるけど、みんなにいい顔をしたい、ってとこは当たりだったわけ」

「先輩は、先生から呼び出されなかったんですか？」

「うん。先生も知らなかったんじゃない？　あ、それってわたし、彼女候補の数にも上げてもらえなかったってことだよね。傷つくなあ」

「確実なアリバイがあったからだよ。その時間、プールにいたじゃん」

そういえば、と先輩が笑う。

おーい、という誰かの声がした。

昇降口から先生がやってくる。もう帰りなさいと促された。

4　響

翌日、宙太は言った。

「ケータイを失《な》くそうが壊そうが、番号ごと換える必要はないはずだ」

紀衣の先輩の話を受け、わたしたちはまた早朝の物理室に集まった。当の紀衣は、部活の朝練だという。斉藤くんも毬ちゃんもいなくて、四人だけだ。

「オレが事故でケータイ壊したとき、一時的に姉貴の古いのを借りたんだ。姉貴、中のSIMカードを入れ替えてオレの番号が通じるようにしてたぞ。ケータイ失くしたならそいつが回収できないじゃん」

友樹が首をひねる。

「回収の必要はない。新しい電話機で番号を引き継げるよ。失くしたって電話会社に連絡すれば電波を止めてもらえるんだ。ただしその場合は、中のデータは移動できない。電話会社のサービスに預けているものは持ってこられるけど、電話機の中だけに入っているものはアウトだ」

宙太の説明に、友樹がなおも口を挟む。

「酒井先輩は知らなかったんじゃないのか？」

「電話機を買いに行ったら、ショップの担当者が説明してくれるって。それに考えてみろよ、別の電話会社のケータイだって、ナンバーポータビリティで番号が移るだろ」

「親が行ったとか。怪我してたんだし」

「同じだよ。……そういえば酒井先輩、落下事故の後、親との連絡がなかなか取れなかったって言ってたな。親が学校に知らせていたのは自宅の電話番号だけだったって。親のケータイなどの連絡先は、酒井先輩のケータイにしかなかったんだろうな。でもそのケータイは、落下時点で使えなくなっていたと」

うん、とわたしはうなずく。たしかにそんな話をしていた。

「ケータイは壊れたか、落ちたときに失くしたか、ってことだね」

ユカリが言う。

「番号を換えようと思ったのが先じゃなく、電話機が使えなくなったのが先かなあ。その後番号ごと換えた。でもなぜだ？　なんの必要があった？」

宙太が考え込んでいた。

「本人に訊いてみる？」

わたしが言うと、うーん、と宙太がうなった。

「僕にも電話番号を教えてくれなかったな。ほいほい教えるのが嫌になったのかも」

「勉強の質問が山ほどきたら面倒だろうしな」

「友樹は質問するほうでしょ」

ユカリがそう言って笑う。紀衣がいれば同じセリフで突っこんだだろう。

「オレが酒井先輩だったら、ってことだよ。つーか、腹立つよなあ。モテるからって女の子にいい顔して、その中の誰かと屋上でエッチしようとしてたんだろー。なんだよそれ」

友樹が不愉快そうに舌を打つ。

「それ、後半は『飯田先輩の証言によると』だからな。本当かどうかはわからない」

宙太が言う。

え？　とユカリが驚いていた。わたしもだ。

「宙太くんは、毬ちゃんの話を信じたから動いているんだと思ってた」

「必ずしもそうじゃない。興味があったからだ。もちろん、みんなが容疑者になってるからってこともある」

「信じてやれよー。毬ちゃんは嘘をついてねーぞー」

友樹が宙太を睨《にら》みつける。

「でも僕は、飯田先輩を知らない。毬ちゃんと、飯田先輩の中学時代の友人の話から、不器用だけど悪い人間ではなさそうだというイメージは持ったけれどね。酒井先輩によると、屋上に行ったのは飯田先輩が呼び出したからだという。飯田先輩によると、酒井先輩と話をするために彼を捜していて屋上に向かったのだという。どっちを信用していいかまだわからない」

「屋上には他に人がいなかったんだよね？　暑かったし、風も強くて」

わたしがそう言うと、宙太がうなずいた。

「ああ。なんでそんな日に屋上なんて行ったんだろう。人がいないから、密談にはちょうどいいけど」

「誰もいないかどうかは、行ってからわかることだよ。人のいない場所を探したのかもしれないけどね。それが屋上だったってことじゃない？」

ユカリが突っこむ。宙太が首をひねった。

「だったら外に行けばいい。もっと涼しいところに。屋上じゃなくてもいいよ」

「面倒だから手近で済ませたのか、ふたりとも、またはどっちかに学校で用事があって、場を離れたくなかったのか。そんな理由じゃない？」

と、わたし。酒井先輩と飯田先輩が仲良くどこかにおでかけ、というのも考えづらいよねとつけ加えると、みんなが笑った。

「たしかに。……撮影というのも用事だよな。女子生徒が沙耶先輩なら、それもアリか」

宙太が応《こた》え、また考え込む。そして、そうだ、と手を打ち鳴らした。

「撮影中の地学室に入ったっていう現二年生にも話を聞かないと」

「そいつらの名前、毬ちゃんも捜してたけどわかんねえみたいなんだ。沙耶先輩に訊けばわかるだろうけど教えてくれないだろうし、って」

友樹が肩をすくめて両手を上げた。

「当時、調査をしていた先生なら知ってるよね？」

ユカリが言った。わたしも続ける。

「事故のことは当時の担任の先生たちが調べたんだよね。赤池先生にでも訊ねてみる？」

風高では、クラスは進級の際にシャッフルされるが、先生は担任数プラスアルファがひとグループとなっていて、三年間持ち上がりになる。赤池先生も一緒に持ち上がっているだろう。ただし国際理学科は二クラスしかないので、そのパターンから外れる場合も多い。酒井先輩の担任は誰だったんだろう。

「赤池かー。斉藤が、例の沙耶先輩のアリバイ映像のことを訊いたら、もうないって軽くあしらわれたって言ってたぞ」

友樹が口をへの字に曲げる。

「理科学部の顧問はどうかな。全学年を縦に受け持ってるし」

宙太が答えた。


昼休みに宙太から呼び出された。宙太は理科学部の先生から目撃者の二年生の情報をもらえたそうだ。

全員で会いに行くのもどうかということで、じゃんけんでふた手に分かれることになった。わたしは宙太とユカリと一緒だ。

二年生の教室は三階にある。わたしたちは二組に向かった。紀衣と友樹の相手は四組だ。

「え−？　一年前の話？　覚えてるかなあ」

呆れ顔で、二年生の先輩が笑った。

「沙耶先輩のアリバイを証明する手助けをしたんですよね。酒井先輩が屋上から落ちたときの」

宙太が水を向けたが、先輩は苦笑したままだ。

「事故のことは覚えてるよ。昇降口に行ったらみんな騒いでたしさー。女子なんて甲高い悲鳴をあげてて大パニック」

「近くにいらしたんですね。地学室に行かれた時間を思い出してもらえないでしょうか」

ユカリがにっこりと笑う。ユカリは、キツいことさえ言わなければ普通に綺麗《きれい》な女の子として認識されるだろう。二年生の先輩は顔を赤らめてうつむいた。

「……えーっと。ゆっくり思い出すから待ってよ」

二年生の先輩はしばらく考えて、わたしたちに向き直り、軽く首をかしげる。

「ごめん。時間はわからないや」

「地学室に行ってから落下事故が起きたんですよね？　逆ですか？」

宙太も笑顔を作った。

「いや、事故のほうが後だ」

「その間は、どのぐらいの時間が経ってますか？」

「どうだっけ……。そんなには離れてなかったと思うけど、わからない」

「地学室でなにを見たか、覚えていますか？」

宙太の質問に、二年生の先輩はうなずく。

「映研の撮影、だろ？　友だちと喋《しゃべ》りながら扉を開けたら、あの怖い部長がすっ飛んできて、撮影中だとかなんだとか怒りだしたんだよ。慌てて閉めた」

「中に何がありましたか？　時計は見ましたか？」

「覚えてないよ。ほんの短い間だし。……あ、そうだ。閉めた後で、中から女の笑い声が聞こえたんだ。あのふたり、怖いほうとかわいいほうの。といっても映画では両方かわいかったけどな。バカにされたようで、ちょっとムッとしたような気がする。でも間違えたのはこっちだし、また文句をつけられるのも嫌だから、そのまま退散した」

宙太が少し考えて、再び問う。

「ふたりの服装はどうでしたか？」

「え？　制服じゃなかったっけ？　あれえ？」

二年生の先輩は、目を天井のほうに向けて考え込む。

「……髪の長い女が遠くの椅子《いす》に座ってて、……ジャケット着てて。怖い部長も冬服……いや、やっぱ夏服？　ジャージ？　ごめん。わからない」

「先輩は『Spend time together』を見てるんですね。面白かったですか？」

「うーん、ふたりともかわいいなあ、ぐらいしか。骨がどうこうってあたりはよくわからなかった。その骨格標本が屋上から落とされたんだよな？　なにか関係あるの？」

「まだわからないんですよ。どうもありがとうございます」

宙太が頭を下げる。わたしもつられた。と、ユカリが口を開く。

「あの、先輩は、何をしに地学室に行ったんですか？　間違えて扉を開けたと聞きましたが、なにをどう間違えたんでしょうか」

「物理室と間違えたんだ」

二年生の先輩が照れくさそうに笑う。

ユカリも宙太もきょとんとしていた。わたしもだ。風高では一年生から物理の授業がある。そうそう間違えるとは思えない。

「やだなあ、誤解しないでくれよ。物理室の場所は当然知ってるって。理科学部に友だちがいるから……。ああ、だんだん思い出してきたぞ。そうだ、そいつから本を借りる予定だったんだ。でもどの部屋を理科学部の部室に使ってるかを聞いていなくて、間違えて地学室を開けたんだ」

「ええっ？　僕、理科学部です。それ、なんて先輩ですか？」

二年生の先輩が名前を告げると、宙太がうなずいていた。知っている人なんだろう。

「もしかして、そいつなら時間がわかるとか思ってる？」

「ええ。地学室に行った後、すぐに物理室に行きましたか？」

「行った。でもそいつだって覚えてないんじゃないか？」

つかなんて、覚えてる可能性は低そうだなあ」

「ああ。うちの顧問に訊く必要なかったんだ。だけど一年前に本を借りに来た時間がいかったらしく、捜しに行くというメッセージを最後に、返事がない。

三階から二階への階段を下りながら、ユカリが言った。紀衣たちの相手は教室にいな
「灯台下暗しだね」

宙太が苦笑する。

「他に目撃者はいないの？　理科学部の活動中だよね」

わたしが訊ねると、ふたりが揃《そろ》って、うーんと唸《うな》る。

「いたなら、当時すでに名乗り出ているんじゃない？」

「理科学部の先輩にも確認してみるよ。ただ、問題は記憶の改変だな。さっきの先輩も、服装の記憶があやふやだった」

「結局、ジャケットだったかジャージだったかわからなかったよね」

わたしも言う。宙太が、ああ、と続ける。

「あの人、映画を見たせいでひきずられてるな。時期的には夏服のはず。でも映画の彼女たちは冬服だった。自分の記憶が目撃したものか映画で見たものかわからなくなってるんだ。なんで先生たちも、証言当時にもっと突っこんでくれなかったのかなあ」

「アリバイ映像もあるし、相手は沙耶先輩だし、信じるほうが前提だったのかも」

ユカリがシニカルに唇を歪《ゆが》ませる。

「紀衣ちゃんたちが訊きにいった先輩が覚えていればいいんだけど。一年って長いね」

二階まで戻ったけれど、宙太はそのまま階段を下りていく。

「せっかくだから酒井先輩にも突撃しないか？　ケータイを番号ごと換えた理由」

「教えてくれるかな」

わたしのためらいにユカリがにやにやと笑う。

「私は酒井先輩と話したことがないから、どんな風に答えるか見てみたい。トライしてみよう」

わたしはうなずいた。うん。教えてもらえるかどうかは、聞いてみなきゃわからない。動く前からたじろいでいちゃダメだ。

三年生の教室の廊下は、あいかわらず緊張感に充《み》ちていたけれど、三人いれば心強い。酒井先輩も内心はどうあれ、笑顔で迎えてくれた。

だけど戻ってきた答えは、ひとこと。

「心機一転」

「……それだけ、ですか？」

宙太もめんくらっている。

「厄落としだって親にも勧められた。ケータイ本体は、落ちたときに壊れたんだ。だいぶ古いものだったから未練はない」

「電話番号が換わると面倒じゃないですか？　メールアドレスとかメッセージアプリとかも換えたんですか？」

わたしが質問すると、酒井先輩はなお優しく笑う。

「心機一転だもの、全部だよ。きみも一度やってみたらいいよ、生まれ変わったような気分になれるから」

じゃあね、と酒井先輩が教室に戻っていく。

本当に本当なのだろうか。酒井先輩は人当たりはいいのに、いやそれだけに、嘘をつかれていてもわからない。

「ユカリちゃん、会ってみた感想は？」

「つかみどころがない。うまくかわされたというか、のれんに腕押しって感じ。……よし。ここまで来たら、ついでに守屋先輩にも会っておきたい」

宙太も賛同した。紀衣が話を訊いてから一週間ほど経っている。なにか思い出したことはないだろうか。

「うーん。ないって、まえに訊きに来た子にも言ったのに」

食後の歯磨きセットを手に持ったまま、守屋先輩は困り顔で答えた。

わたしたちの問いかけに、最初はなんのことかわからないようすで目をぱちくりとしていた守屋先輩だったけど、紀衣の話をすると、やれやれというようにため息をついた。

でもその後は笑顔を作ってくれた。紀衣が言ったように、たしかに柔らかい印象の人だ。映画のころより少しスリムになっている。

「うーん。映研のことは沙耶に聞いたほうがいいと思うなー。骨格標本だって、買ったのはあたしじゃないし」

「すみません。いろいろ疑問が出てきて」

宙太が頭を下げる。

「いろいろって？」

「まずはジャケットとジャージの謎です。『Spend time together』を見たんですが、なぜ地学室のシーンだけ沙耶先輩はジャージを着ていたんでしょう？」

宙太の質問に、守屋先輩が不思議そうに首をひねった。

「うーんと。……あれ？　この間の子、見たいけどないから貸してほしいって言ってたなかったっけ？　見たの？」

「別のところから借りることができたんです。みんなで見ました」

「そうなんだ。……うーん、たしかプールのシーンの後だったよね。だからだったと思うよ。濡れちゃったからっていう。演出とか細かい部分は沙耶のほうが詳しいし、彼女に訊ねて」

「そうします。ところでそのシーンを撮っているときに一年生が入ってきましたよね。それが何時だったか覚えてますか？」

「うーん、どうだっけ？　来たことは覚えているけど、時間までは」

「沙耶先輩はずっと地学室にいましたか？」

にやりと笑って、宙太が直球を投げる。

「いたよ」

守屋先輩がうなずいた。

「即答ですね。何度か訊かれましたか？　この話」

宙太が意地悪なことを言う。

「そんなに何度も訊かれてないよー。それにいたかいないかぐらいは覚えてるじゃない」

「それはそうですね。失礼しました」

予鈴が鳴った。それじゃあ、と守屋先輩が教室に戻っていく。

階段で紀衣たちと合流した。問題の二年生を捜しに中庭まで行っていたようだ。無事に見つけることはできたものの、細かいことは覚えていなかったらしい。

「そっちよりも、さあ」

友樹が顔を曇らせていた。

5　友樹

五時限目の後の休みに、宙太が理科学部の先輩から話を聞いてきた。

その先輩は、しばらく考えて、本を借りに物理室に来た時間ならわかると言ったらしい。

なんでわかるんだ？　と宙太も不思議に思ったそうだが、なんでもその日、風力発電機から飛ばされるデータを物理室のパソコンでチェックしていたらしい。ところが発電機が途中で止まって、データが取れなくなった。目撃者となった彼らが来たのは、その直前ぐらいのことだという。

宙太は、六時限目が体育だから、サボってデータに目を通すと言った。

急げよ、宙太。それにもうちょっと、画期的な手段を考えてくれ。オレは焦《あせ》っているんだ。

毬を疑う声が、耳に入ってきたから。

オレたちが会った二年生から教わったんだ。毬が、屋上にいたかもしれない女子生徒を捜していたことが、噂になっていると。

毬が調べていたのは一学期のことだ。当時は、今ごろなんの話だろうという程度にしか思われていなかったようだが、骨格標本落下事件のせいで、そういえばと不審がられているという。今日のオレたちもまた、怪しまれた。

やがて授業中、オレのケータイが震えた。

こっそりと机の下で見た宙太からのメッセージは、二年生の先輩が物理室を訪ねた時間が書かれていた。

――十七時二十二分十五秒の前で、せいぜい五分ぐらいの幅。つまり十七分から二十二分十五秒の間。

妙に細かい時間だな。

けどその時間の意味することぐらい、オレにもわかる。

酒井先輩の事故が起きたのは二十五分から二十六分の間。『Spend time together』に写っていた時刻はどうあれ、目撃者が、物理室およびその直前の地学室を訪問した時間が、十七分から二十二分の間だとすると、接近しすぎている。

地学室から屋上までの移動と諍《いさか》いに有する時間を考えると、沙耶先輩が二年生に目撃された後、屋上まで行って襲われてその場から消えるには、短すぎる。一方、目撃前に屋上から帰っていたのだとしたら、酒井先輩と飯田先輩のケンカの時間が長すぎる。

だったら『Spend time together』の時計の時刻は、加工なんてされてなくて、まんま真実なんじゃないか？

同じことを思っているのだろう。紀衣も、ユカリも、響も、手元のケータイを見ながら難しい顔をしていた。


そしてまたひとり、口を出してくるヤツがいた。

授業が終わり、部活に向かう人々が教室から消えた。

紀衣は水泳部の先輩に断ってから、ユカリも一度図書室に顔を出してからと言って、ふたりとも姿がない。オレと響は、物理室に行くべきか宙太のいる七組に行くべきかを相談しながら、教室から出ようとしていた。

「あなたたちなにか、こそこそやってるよね」

クラス委員の市場理子《いちばりこ》が近づいてくる。

「ここそなんてなにもしてないよ、理子」

響が笑顔で返す。ほんの少し、ぎこちない。

「ムクは嘘が下手だなあ。わかってるんだから。ふたりとも、例の映研の撮影に参加してたよね。撮影中止って先生から言われてから、なにやってるの？　ううん、それもわかってる。骨格標本を落とした犯人を捜してるんでしょう」

市場が得意そうに断言する。

「それは、えっと」

言い淀《よど》む響を庇《かば》うように、オレは一歩前に出た。

「捜してる。それがどうした。オレたちは一方的に疑われてるんだ。たまたま前の日に、屋上にいたってだけでな。その疑いを晴らそうとして何が悪い？」

「本当に犯人じゃないの？」

「当たり前だろうが。なんでそんなことしなきゃいけないんだよ」

ふーん、と市場が唇を尖《とが》らせる。

「映研と生徒会には確執がある。特に酒井先輩は、映研を同好会に格下げしようとして、何度も交渉してた。もちろん生徒会役員の総意を得て、矢面に立ってくれてたわけだけど。その復讐《ふくしゅう》じゃない？」

「復讐？」

響がおうむ返しに言う。

「そう。だって今回のこと、どうしても酒井先輩の落下事故と結びつけちゃうでしょ。酒井先輩は迷惑してる。つまり犯人は、酒井先輩が受験に失敗するよう仕向けたいんじゃない？」

オレは首を横に振った。

「それどんなメリットがあるんだ。だいいちオレたちは映研じゃないぞ」

「違ったの？」

市場が不思議そうにする。

「違うよ。オレも響も、映画作りを手伝ってただけだ。部員じゃない」

「執拗《しつよう》にこだわってるじゃない」

毬のことがあるからだ。そんなオレの気持ちは紀衣たちにはバレバレなんだけど、市場にまで言う義理はない。

「犯人扱いされちゃ黙ってられないさ」

理由のひとつだ。嘘はついていない。

「その割には酒井先輩にこだわってる、って言ってるの。あなたたちが訊《き》き回ってるのって、骨格標本落下事件より、去年の話のほうが多いみたいだから」

さすがに鋭いな。しかしここはごまかすしかない。

「別にそんなつもりはない。あくまで今回の事件のことでだ。だけど調べていくとどうしてもその事故がくっついてきちゃうんだよ、な？」

オレは響に同意を求めた。響が首肯する。

「そう？　でもあんまりやりすぎると、映研の立場を危うくするんじゃない？　あなたたちが入部していないなら、部員はまだ三人ってことでしょう？　部に昇格できない同好会からは、なんであそこが部室を持ってるんだって声がよく上がってる」

市場は響に視線を向けた。

「意地悪で言ってるんじゃないから。注意喚起だからね。誤解しないでよ」

響が苦笑しながらうなずいていた。オレもわかった、と答える。

「伝えとくよ。斉藤に」

自分で言ってくれよ、と思ったけど、あいにく斉藤は教室にいない。赤池からの呼び出しだと言って出ていってしまった。

……まさか、降格の話だったりして？

市場はオレたちをじろじろと眺めながら、口を開いた。

「もうひとつふたつあるんだけど。酒井先輩に復讐しようと思ってる人の話。噂レベルだけど。聞く？」

「噂レベルって？」

「二組の篠島毬。彼女と酒井先輩が同じ中学だったたって知ってた？」

市場が濃い眉《まゆ》をひそめてみせた。

オレと響は目を見合わせた。ってことは、市場は毬と飯田先輩との関係もわかってるってことか？

返事ができずにいるオレたちに焦《じ》れたのか、市場は続きを話しはじめた。

「酒井先輩にふられた篠島さんの復讐だって説がある」

「はあ？」

オレはずっこけそうになった。そこをそう結びつけるのか？

「なんだその理由。市場、おまえそんな噂信じてんの？」

嘲《あざけ》る気持ちがつい出てしまった。市場が鼻の穴を膨らます。

「別に！　説がある、って伝えただけでしょ！　一緒にしないで。だけど、あなたたちも斉藤くんたちもやっていないって言うなら、彼女しかいないじゃない」

オレは祈った。キリストでもブッダでも斉藤の言う映画の神とやらでもなんでもいいから、オレに演技力を授けてくれと。

「なーに言ってんだよ。オレたちもやっていない、のオレたちの中には毬ちゃんも含まれてるんだぞ」

それはなんの反論にもなっていない。

オレの中の別のオレが突っこんできた。響もそう感じているのか、戸惑った声で言う。

「……ま、毬ちゃんは屋上の鍵《かぎ》を持ってないよ。屋上の鍵は、赤池先生に借りた斉藤くんが、ずっとポケットに持ってた。手放したことはないって」

「斉藤くんは彼女のこと、気に入ってるんでしょう？　頼まれて貸したんじゃない？　でもそんなこと言えないから黙ってるのよ」

「斉藤くんは嘘なんてついてない」

響が首を横に振る。

「わかんないって。ねえムク、あなた騙《だま》されやすいから気をつけたほうがいいよ」

「いや、しかしだ。毬ちゃんが自分の身長より大きい骨格標本なんて持って屋上に行ったら目立つぞ。そこはどうするんだ」

オレは、毬本人が言い訳にしていたまんまを、市場に突きつけた。宙太の解いたトリックは見破られていないはずだ。

「それも協力してもらったんじゃないの？　斉藤くんに」

「してないしてない。だってオレ、斉藤と同じバスで帰ったんだから」

「後で戻ってきたとか」

「塾に行くって聞いたぞ」

「本当に？」

市場が反論する。しつこいなあ。

「とにかく。あちこち訊き回る前に、篠島さん本人を問い詰めたほうが早いんじゃないかってこと。あっさり解決するんじゃない？」

市場が肩をすくめてみせた。いやそれは、やったんだって。オレたちは、その次の段階でいろいろ悩んでいるんだ。

なにも知らない市場が続ける。

「映研がやったのか、篠島さんがやったのか、あなたたちもグルなのか……、と、それはイメージと合わない気もするんだけど、ともかく酒井先輩に変なちょっかい出さないでよね。受験前の大事な時期なんだから」

響が、あれ？　と不思議そうに声を上げる。

「もしかして、理子が気にしてるのは酒井先輩？」

「私だけじゃなく、生徒会がね。改革者にしてホープだし。とんだとばっちりよ」

「……復讐だったら、とばっちりじゃなくて、標的、って言うんじゃない？」

顔色を窺《うかが》いながら、響が問う。オレもうなずいた。

「向こうからはそうなるね。だけど復讐なんて非建設的。相手の言い分はどうあれ、正しい行為じゃない。うっぷん晴らしの気持ちのほうが強いんじゃない？　だから復讐されるる側にしたら、とばっちり以外のなにものでもない」

間違ってる？　とばかりに市場が胸を張った。

いや。違わないよ、市場。おまえの言ってることは正しいんだろう。

だけど、毬は復讐したいんじゃない。納得できないだけだ。酒井先輩の落下事故の際に、屋上であったことのすべてを知りたいんだ。そして酒井先輩が嘘をついているなら、それをつまびらかにしたいと思っている。

嘘を崩すことは、復讐なんだろうか。

オレは違うと思う、だから。

「酒井先輩が暴《あば》かれたくないものを持ってる、とは考えないのか？　あいつの主張だけを鵜呑《うの》みにしていいのか？　飯田先輩――もうひとりの屋上にいたヤツは言ったんだろ？　酒井先輩が女子生徒と諍いになってたって。その子を助けようと思ったって。そいつの話は聞いてやらないのか？」

市場は首を横に振る。

「去年、先生たちがその女子生徒のことも捜したはず。でも見つからなかった。いないからだよ。すでに結論は出てる。だいいち、酒井先輩と飯田先輩のどちらが嘘をついているのかって考えたら、可能性が高いのは飯田先輩のほうじゃない？」

「それは一方的すぎるんじゃねえの？」

「どうして？　飯田先輩はその場から逃げたんだよ。自分が酒井先輩を突き落としたって思われたくなくて。そんな人、信用できる？」

市場が言い切った。

今まで何度も考えてきたはずなのに、改めてそう問われるとわからなくなる。

「狼《おおかみ》が来るぞ、狼が来るぞって、狼少年はずっと嘘をついてきた。信用されなくても仕方がないんじゃない？　そういうことよ」

市場がさらに追い詰めてくる。

たしかにそうだけど。世間は、学校のみんなは、そう思うのが普通だろうけど、でも酒井先輩も酒井先輩で怪しいところはあるし……。

そうだ。だからこそ、わからないからこそ、オレたちは調べているんだ。

真実を知るために。

「違う！」

背後から大きな声がした。

毬がずんずんと五組の教室に入ってくる。

「健ちゃんは狼少年なんかじゃありません。色眼鏡で見られていただけ。アルバイトのことで学校と揉《も》めて、それでレッテルが貼《は》られてしまった。一度なにかあったらもう、そこからは一切信用されないなんておかしい」

「アルバイトは校則で――」

市場の声を、毬が途中で封じる。

「友だちを思いやってのことです。四角四面に考える規則のほうがおかしいと思いませんか？」

「具体的なやりとりがわからないからなんとも言えないけど……、ところで篠島さん、健ちゃんって、飯田健太郎先輩のことだよね。私の聞いた噂レベルの話、ふたつある。篠島さんが酒井先輩にふられたって説のほかにもうひとつ、飯田先輩の復讐を代行してるって説」

市場に詰め寄られ、毬がひるむ。

「篠島さん、そういうのはダメだよ。今この時期に酒井先輩の気持ちを乱すって、一生に関わってくるんだよ。責任、取れるの？」

「復讐じゃない。わたしはただ、なにがあったかが知りたいから」

「だからそれはもう結論出てるでしょ」

毬と市場が睨み合っている。

だけど、と響が静かな声を出す。

「……理子。狼少年は、最後は本当のことを言ったんだよ。あ、飯田先輩がそうだって言ってるわけじゃないよ。誰だって、真実を言うこともある。嘘をつくこともある。だからそれまでとは切り離して考えるべきじゃないかな」

「オレたちが求めているのは真実だ。誰が言った話か、じゃない」

　市場はオレをじっと見た。

「わかった。じゃあ、直接酒井先輩に訊こう。それで納得したらもう終わりにしてよね。これ以上は騒がないこと」

「ええっ？」

　オレたちは、市場の発言に驚いた。正面突破で、実に市場的な発想だけど。

「待てよ。酒井先輩からはもう聞いた。主張は変わらなかった。飯田先輩が言ってた女子生徒なんていないって」

「だったらそれで納得しなさいよ」

「だーかーらー、それが本当かどうかを調べてるんだって。酒井先輩が嘘をついている可能性だってあるだろ」

　オレがそう言うと、市場は不満そうに唇を歪めた。

「じゃあいつまで調べるわけ？　酒井先輩をずっと疑い続けるの？　疑うなら疑うでデータを出しなさいよ。迷惑じゃないの」

「なにをそんなに騒いでるんだ？」

　新たな声が加わった。斉藤だ。後ろに宙太もいる。

　一緒に来たのか？

と問いかけようとしたら、先に市場が口を開いた。

「あ、ちょうどいい！　斉藤くん、映研の部員はまだ三人のままだって聞いたよ。同好会への降格、さんざん保留にしてきたんだし、そろそろ期限、切るよ」

「それは困る。もうちょっと待ってくれ」

斉藤が目を白黒させている。

「おい市場、今、その話じゃないだろ」

オレは慌《あわ》てた。

「全部一緒。骨格標本落下事件に映研が関与してるなら、役員会に諮《はか》って補助金を凍結。鷹端くんたちの調べとやらも、期限、切ること。とにかく一度綺麗にしないと」

「いや骨格標本事件は……」

斉藤が言いかけて、毬を気にしている。

「綺麗綺麗って、それじゃ表面だけにならない？　酒井先輩の事故と同じじゃない」

響が小さく手を上げる。市場が首を横に振る。

「ならないように決着つければいい。で、結局骨格標本を落としたのは篠島さんってことで合ってるの？」

オレたちは顔を見合わせる。半分合っていて、半分合っていない。それに、期限はオレたちの中でもちゃんと決めている。今週中と。

「発言しても、いいかな」

　宙太が顔だけぬっと突き出した。

「どうぞ、黒幕さん。絶対あなたが絡《から》んでると思った。そういえばいつだったかも、酒井先輩を捜しに生徒会室に来てたよね。早く気づけばよかった。そしたら酒井先輩の勉強の邪魔をしないでって釘《くぎ》を刺せたのに」

「黒幕ねえ……。途中からしか聞いてなかったんだけど、市場さんは酒井先輩に真実を訊《たず》ねに行こうとしたんだよね」

「そう。鷹端くんたちに反対されたけどね。まだ調べが途中だって。でもなにもないからこそ途中なんじゃない？　疑わしいってだけで疑ってる。違う？」

「ちょっと違う」

「どこがよ」

「やっぱりここはこう言うべきだよな。――謎《なぞ》はすべて解けた、って」

　宙太がにやりと笑った。

「どういうこと？　宙太くん」

「南雲くん？」

　響と毬から疑問の声が上がる。

「だから、なにがあったたか全部わかったってことだよ。調べは途中じゃない。終わったんだ。市場さんが酒井先輩に訊きにいくというなら、願ったり叶《かな》ったりだ。きみが依頼するほうがスムーズだし。呼び出してくれる？」

「……いいけど。なに？　生徒総会を開くとか、そういうの？」

ひゅう、と宙太が口笛を鳴らした。

「派手だな。でもそこまではしないほうがいいと思う。場所だけ借りていい？　生徒会室。映研の部室は狭すぎる」

「わかった。そのかわり、わたしも聞かせてもらえる？」

市場が挑戦的な目をしていた。その中に小さく好奇心が宿っている。

「状況によっては他言無用をお願いすると思う。その約束ができるなら」

全員がうなずいて、宙太を見た。

えーい。宙太のヤツ、また持っていきやがって。

第四章　集合　——さて皆さん——

1

宙太《そらた》

「なぜ私までここに？」

生徒会室にずらり並んだ人間を見回し、久遠寺《くおんじ》沙耶《さや》が口を開いた。

「映研の危機なので、ぜひ先輩にもお力添えをいただきたいと思いました」

斉藤《さいとう》が言う。そう言ってくれと僕が頼んだんだけど。

「ふうん。こんなに部員がいるのに、同好会に降格しようっていうの？」

部屋にいるのは、映研の部員である斉藤、迫田《さこた》、穂積《ほづみ》の他に、友樹《ともき》、紀衣《きい》、ユカリ、響《ひびき》、毬《まり》、僕、そして酒井《さかい》先輩と市場《いちば》だ。守屋《もりや》先輩にも声をかけたけど、彼女には断られた。自分はもう関係ないからと言われて。

「すみません。部員は三人のままなんです」

斉藤が頭を下げる。

「残念。でもそうなったならそうなったで、仕方がないね。もう部長は斉藤くんなんだし」

「ずいぶんな言いようですね。去年は生徒会とかなり闘っていたそうじゃないですか。学校の外でも酒井先輩とバトルしていたのが目撃されたとか」

僕が発言すると、沙耶先輩は氷のように冷たい目を向けてきた。綺麗《きれい》な瞳《ひとみ》だ。

険しいけれど澄んでいて深く、吸い込まれそうになる。クールビューティってこういう人のことを言うんだろう。僕にMっ気があったら、好きになってしまいそうだ。あいにく、ないけど。

「きみ、誰だっけ？」

沙耶先輩が唇の端をきゅっとあげる。

「一年の南雲《なぐも》宙太です。沙耶先輩の作った『Spend time together』、とても気に入りました。でもあの映画には秘密があるんですね」

「秘密？」

「ええ。その秘密こそが、酒井先輩の落下事故を解き明かす鍵《かぎ》です」

沙耶先輩は僕の視線を、正面から受け止める。

「ちょっと待ってよ」

そう言ったのは酒井先輩だ。続ける。

「どうして映画の話と僕が関係するの？　骨格標本落下事件はどうなったんだ？　僕は、

その顚末《てんまつ》を聞きに来たんだけど。僕の事故とセットにされて噂《うわさ》されているから」

酒井先輩が同意を求めるように市場を見る。市場が口を開いた。

「どちらの真相もわかったそうです。今後、酒井先輩の勉強の邪魔になるようなことはしないと約束をとりつけました」

やれやれ、と酒井先輩は息を吐いた。

「じゃあまず、骨格標本落下事件の話から――」

僕は話し始めた。生徒会室にはホワイトボードがあったので、それも駆使して図を描く。沙耶先輩と酒井先輩、市場以外は、知っている話だ。


あはははは、と声高く笑ったのは、沙耶先輩だった。

「すごいそれ。骨格標本を落としたふり？　あはは。あなた、よく思いついたね。きみ、よく見破ったね。最高におかしい……」

そう言って、毬と僕を指さし、また笑っている。

酒井先輩と市場は目を丸くしたままだ。ややあって、市場が怒り出した。

「なによそれ！　ふざけるのもいい加減にしなさいよ。学校中をさんざん騒がせて、あ、あなた、篠島《しのじま》さん！　しかもその目的が」

「僕の落下事故を思い出させるためとはね」

酒井先輩が、苦々しそうに言う。

「あなただけじゃない。私も攻撃対象だったのよね。わざわざ骨格標本まで買ったとはねー。すごい執念」

沙耶先輩が目をこすっている。笑いすぎて涙まで出たようだ。

「お騒がせしたことは謝ります。だけどどうしても、もう一度、去年の事故に目を向けさせたかったんです」

毬が頭を下げた。が、とても謝っている表情には見えない。

「飯田《いいだ》に頼まれたの？」

酒井先輩の質問に、毬が、いいえと言って、首を横に振る。

「わたしが納得できなかっただけです」

「だからってこの時期に。酒井先輩だけじゃなく、三年生の先輩たち、みんなざわついてるんだよ。風高の難関大進学率が下がったらどうするの」

市場がおおげさなことを言う。そんなことで全体の数値が下がるとは到底思えない。

理科学部の先輩を見ていても、頭の体操とばかりに事件を面白がっていた。

「というわけでこの件は、今日の話が終わったら先生に報告する。篠島さんはどんな処分も覚悟の上でやったっていうからね。さて。この話はいったん保留にして、本題はここからだ」

僕はみんなの顔を見回した。

沙耶先輩が、笑顔を残したまま僕を睨《にら》んできた。

「去年の事故のおさらいをします。一学期の期末試験が終了した翌日、雨上がりの暑い午後、酒井先輩は渡り廊下の屋上部分に降りようとして、着地に失敗して落ちました。中庭や、渡り廊下、昇降口にいる生徒が目撃し、メッセージなどを送信した記録によると、時刻は十七時二十五分から二十六分の間。間違いないですね？」

僕は酒井先輩に目を向けた。酒井先輩が苦笑する。

「周りがそう言うならそうじゃない？」

「先輩のケータイの時間はどうでしたか？」

「え？」

僕の質問に、酒井先輩が目をしばたく。

「よくあるじゃないですか。事故や事件の時間ぴったりに時計が止まってるなんて話。ケータイは事故のときに壊れた、酒井先輩はそう言いましたよね。その時刻を指してはいませんでしたか？」

「どうだったかな……。ああ、そうかもしれない。ちゃんと覚えてないけど」

「手元にはありますか？　ケータイ」

「いや。もう捨てた。確かめられない」

「ありがとうございます」

それがどうしたんだ、という表情で市場が僕を見ている。

沙耶先輩は静かな微笑《ほほえ》みをたたえて、同じ姿勢だ。

「酒井先輩は落ちる前のことは覚えていないと言った。けれど屋上には、飯田先輩がいました。ところがここでふたりの証言がくい違います。酒井先輩は、バスケ部のことで飯田先輩と言い争いをしていて持っていたボールを投げつけられた、と言った。飯田先輩は、バスケ部のことで酒井先輩を屋上に捜しにいったところ、女子生徒と諍《いさか》いをしているところに出くわした、もっと言うと、その子を襲っているように見えた、だから助けるためにボールを投げた、と言った。真実がどちらなのか、ふたりでないとわかりません。いたかもしれない女子生徒も、名乗り出ることはなかった」

「いなかった、ってだけだよ。単純な話だ」

酒井先輩が口を挟む。隣で市場がうなずいた。

「さて、沙耶先輩は、消えた女子生徒の候補でもありました。疑われた沙耶先輩は、アリバイとして『Spend time together』の撮影データを示した。そこには、酒井先輩が落ちた時刻を示した映像が残っていたから。ですよね？」

「そうよ」

沙耶先輩がにっこり笑う。

「たまたまその時間に撮影していたというのは、すごい偶然ですね」

僕の嫌みに、沙耶先輩はまったく動じなかった。

「そのデータ、残ってますか？」

「映画の中で使った部分なら映画の中にある。使っていないものはもうない」

「先生にはどう見せたんですか？　ＤＶＤにでも焼きましたか？」

「ええ。見てすぐ返された。要らないから捨てた」

嫣然《えんぜん》とした微笑みを、僕に寄越してくる。

「なるほどです。しかしそのシーンが『Spend time together』に使われていたことで、毬ちゃんは不審を感じました。あまりにもあからさまで、別の時刻に撮られたものではないかと。また、他のシーンは冬の制服だったのに、そのシーンの沙耶先輩はジャージ姿だった。これは酒井先輩に襲われて、服を破られたせいではないかと考えた」

「ちょっと待ってよ。その襲われたっていうの、既成事実みたいに言わないでくれよ」

酒井先輩が大きく手を横に振る。

沙耶先輩は、小首をかしげて言った。

「きみ、想像力が豊かかね」

「ではなぜそこだけジャージなんですか」

「その直前のシーンでプールに入ってる。濡《ぬ》れたからジャージに着替えたってわけ」

「下はスカートのままですよ？」

「ビジュアルの問題。上下ジャージじゃ、絵として綺麗じゃない」

「守屋先輩は制服だったのに、どうして沙耶先輩だけ？　水に濡れたのはおふたりともですよね」

「瞳は人間じゃないという設定だから。私は人間だから濡れるけど、彼女は骨になっていて、服もそう見えているというだけ。テレビの変身ヒーローものとかでもそうじゃない。着ていた服はどこにいくか問題。異種の存在だから、現実の物理にはとらわれないわけ」

「なんか詭弁《きべん》っぽいですね」

僕の言葉に、沙耶先輩は黙って肩をすくめる。

「盛り上がってるとこ悪いんだけど」

市場が手を上げた。

「映画を見てないから、会話の内容がわからない。今聞いたら、酒井先輩も見てないって。よかったら見せてくれない？」

僕は市場と酒井先輩に笑顔を見せた。

「酒井先輩が企画した昨年末のバザー会でも、上映されたって聞きましたけど？」

「僕が企画したからこそ、あちこち駆けずり回っていて、各部の催しを見てないんだよ。

この間の文化祭もだ」

「あら残念」

酒井先輩の言葉に、沙耶先輩がそう言った。軽口ではなく、本当に残念そうな表情だった。

「沙耶先輩、さっき僕が言ったシーンは、映画を見てのものですが、先生に提出した映像と同じですか？　後からさらに撮り直したりしてませんか？」

「どういうこと？　さらに、なんて言葉をわざわざつけたしたのは、私をひっかけるつもり？」

「いえ違います。アリバイにしたシーンを残すなんて挑戦的だなと思っただけです」

あはは、と沙耶先輩がまた高らかに笑った。

「言うねー。でも挑戦もなにもない。なんの時間と被《かぶ》っていようと、撮り直すなんて手間のかかることはしない」

「そうですか。じゃあぜひ、みんなで見ましょう」

待ってましたと、僕はDVDを取り出した。全員の前で見せたかったんだ。そのために、パソコンも借りてきてもらった。

沙耶先輩が不思議そうに目をしばたいた。

「DVD、あるの？　きみ、滔々《とうとう》と述べてたけど、てっきり文化祭で見たんだと思ってた。映研がなくして、わたしのところに借りにきた、たしかそうだったよね」

沙耶先輩の視線が動き、ユカリのところで止まった。ユカリが軽くうなずいている。

「別のところから借りたんです。……絢子《あやこ》先生から」

ああ、と沙耶先輩が目を細めた。

「そういえば渡してたっけ。なにか言ってた？　姉は」

「その話は後で、ユカリから、絢子先生から渡された彼女からしてもらいましょう。まずはこちらを」

僕はＤＶＤをパソコンに入れた。

問題のシーンまで映像を送りますと言ったら、沙耶先輩にそれは失礼よと詰《なじ》られた。たしかに失礼だけど、今僕が見せたいのは、地学室のシーンだ。

プレイヤーソフトの早送り三角の印を、右に送る。何度も見たから、該当の場所を覚えている。

プールのシーンが終わった。

地学室に切り替わる。沙耶先輩は下が制服のスカートで、上がジャージ。守屋先輩は上下ともに制服姿。僕の説明どおりだったことで、酒井先輩がなるほどとうなずく。

壁の時計が写った。五時二十分。時計の下のデジタル表示は、17：20だ。

机の上に、濡れた制服の上着が置かれていた。どちらかの手が地球儀を回す。そこからは据え置きのカメラで長回しになる。壁の時計が再び写った。五時二十二分、デジタル表示は、17：22で、秒針がてっぺんを指しているから、00秒となる。

遠景のシーンが続いた。沙耶先輩が地球儀を手にして、守屋先輩の周りを地球の公転とは反対周りに歩く。守屋先輩は座ったまま、振り向いて会話をしている。逆回りに進めば時間が戻るだろうかなどと話しているけれど、時計の針は、その間もずっと進んでいる。二十五分を通過してから、再び地球儀のアップになり、次のシーンに移った。

「この時刻が、酒井先輩の落ちたころですよね」

僕は酒井先輩に再確認する。

「篠島さんは、今のシーンが後から撮られたものじゃないかって疑ってるんだよね。そういうの、可能なの？」

困惑の表情で、市場が斉藤に確かめる。

「時刻を偽装すれば可能だ。でもそのとき撮ったとも、後から撮ったとも、決め手がなくてわからない」

そんなに疑わないでよ、と沙耶先輩が言う。

「私たちが撮影してた地学室に、一年生の男子が間違えて入ろうとした。それがさっきの映像の直前。せいぜい数分前じゃないかな。私、屋上に行く暇なんてないんじゃない？」

　僕は酒井先輩に向き直った。

「屋上で飯田先輩と言い争っていた時間は何分ぐらいでしょうか？　覚えていますか？」

「……さあ。二、三分？」

「なにを相手から言われて、なにを言い返して、いつボールをぶつけられて、いつ殴られたか、再現してみてもらえますか？」

「無茶言うなって。細かい部分は忘れたよ」

「ではひとつだけ。ボールをぶつけられたのは、諍いの、どのタイミングですか？」

　僕は酒井先輩をじっと見つめた。

　酒井先輩が一瞬戸惑ったものの、口を開く。

「最初のほうだ。ボールをぶつけられてから、殴られた」

「たしかですね？」

「うん……、たしかだよ。以前もそう言ったと思うんだけど」

「聞きました。もう一度確認したかったんです」

　僕は笑顔を見せた。

「実はわかっているんです。酒井先輩がボールをぶつけられた時刻が。このデータで」

僕は一枚の紙を出す。物理室にあったパソコンから、プリントアウトしたものだ。

みんなの視線が集まった。

2　紀衣

宙太ったら突然なに言いだすわけ？

みんなあたしと同じことを思っているようだった。ユカリたちはもちろん、酒井先輩も沙耶先輩も不思議そうにしている。市場もだ。

戸惑うあたしたちを無視して、宙太が話を続ける。

「渡り廊下の屋上には風力発電機がある。あの日、一年生——現二年生の先輩がデータをチェックしてたんです。ところがそのデータが突然止まった。なぜだと思いますか？」

「……さあ」

酒井先輩が言う。毬も響もわからないと首を横に振る。

「風がやんだから？」

友樹の答えに、宙太が苦笑した。

「無風状態で電力が作られなくても、データはちゃんとサーバに送られてるよ。そんなんでいちいち止まったりなんてしない」

言ってみただけだよ、と友樹がむっとしている。

「風力発電機に物理的な力が加わって、故障した。というのが答えです。そしてその物理的な力というのが、飯田先輩の投げたボールです。――この時間に」

宙太が紙を掲げた。

時刻と電力量を示す数字が並んでいる。ある時点から先のデータ欄がずっと、測定できないことを示す〝―〟になっていた。

〝―〟の最初の時刻は、17：22：30だ。チェックしていた現二年生の先輩は驚いて、すぐ、

「先輩たちにも確認を取りました。周囲にいた上級生に相談したんです」

なるほど、と酒井先輩がうなずく。

「ボールの行方は覚えていない。僕に当たって空へと消えたから、風力発電機のほうに飛んでいっても不思議じゃないな」

「ええ。中庭にも落ちてきていない。中庭にいた目撃者は、そのとき、どこで諍いの声がしているかわからなかったぐらいなんですから。事実、ボールは渡り廊下の屋上で見つかったそうです。さて、このデータは十五秒ごとに取っています。止まる前の時刻は17：22：15だから、ここから17：22：30までのどこかでボールが風力発電機にぶつかっ

たわけです。酒井先輩にぶつかったのはそのさらに前ですが、十五秒もあれば差はないに等しいでしょう」

宙太が反応を確かめるかのように周囲を見回す。

「沙耶先輩のいた地学室の扉を間違えて開けた現二年生は、データをチェックしていた先輩の友人で、本来は物理室を訪ねる予定でした。データチェックの先輩は言っていました。友人が来て話をしていた間はわずかだったが、その間、データをチェックしていなかった。そしてデータチェックに戻った直後に風力発電機が止まった。自分がチェックを怠っていたのがまずかったのではないかと焦《あせ》ったそうです。だから地学室の扉が開けられたのは、十七時二十二分十五秒より以前で、多く見積もっても五分前まで。つまり十七分以降といったところでしょう。物理室と地学室は、準備室を挟んで隣ですからね」

沙耶先輩が、にっこりと笑った。

「ということは、私が言ってたことが正しいって、データでも証明されたってことよね？　ボールがぶつかったという二十二分十五秒から三十秒の間、私たちはずっと写ってる」

「違いますよ。逆です」

宙太がゆっくりと首を横に振った。

「その映像が、偽物《にせもの》だって証明したんですよ、僕は」

はあ？　とみんなが口々に言った。

ちょっと待って。わけがわからない。風力発電機が止まった時刻がいつであろうが、それだけでは映像が正しいとも偽物だとも証明できない。映像を後から作ることはできるのだから。沙耶先輩はそこをごまかしているけれど、でもだからといって偽物を証明したとまでは言えないし……

「ばーん！」

宙太が突然叫んだ。同時に頭の上で、両手を鳴らす。

とっさに全員が、そちらを見上げた。

「今！　ほら今！　みんなこっちを見たよね。そういうことだよ！」

「……なに、言ってるの？」

響が困惑の声で訊《たず》ねる。

「音がしたら視線が動くってこと。あの日、風力発電機のデータが突然止まった。原因はボールだったけど、物理室でパソコンを睨んでいた理科学部員にそれがわかるわけがない。だから驚いて騒ぎ、慌《あわ》て、急いで見に行ったんだ。全員でね！」

誰かの、息を呑《の》む音がした。

「ちなみに先輩たちは、渡り廊下の窓から酒井先輩が落ちていくのを見ていたそうですよ」

ああ、そんなようなことを、骨格標本落下事件の話を最初に相談したとき、宙太が言っていた。

「沙耶先輩。物理室からどたばたと足音がしてるのに、地学室では撮影が続けられていたんですか？　それまでと、まったく変わらぬようすで？」

宙太と沙耶先輩が見つめ合う。

「音は……別録《べつど》り、したから」

「問題にしてるのは視線の話ですよ。まったく、目に惑いがないですよ。ふたりともだ」

「地学室にいなかったんですね。沙耶先輩は」

毬がつぶやく。

「いいえ！　いいえ、私、いたもの。その映像を撮った直前に、地学室の扉を開けた生徒によって目撃されている。それが十七分以降二十二分以前よね？　彼らは幻を見たとでも？」

「……そうだね、沙耶先輩はいた」

宙太が言う。

「ええ」

うなずく沙耶先輩の顔が、わずかに強張《こわば》る。

そうか。……そっちか。

「いなかったのは、守屋瞳先輩だ」

宙太が重々しく告げた。

映像は後から撮られたものだ。アリバイをつくりたかったのは守屋先輩のほう。でも、どういうこと？　守屋先輩だって目撃されてるじゃない。

あたしはユカリと視線を交わした。それから響とも。ふたりとも、わからないと、小さく首を横に振った。

「沙耶先輩を目撃した現二年生の先輩は、扉を開けた途端、撮影中だと怒られたと言っていた。沙耶先輩は、結構迫力があるし、ビビってすぐ出ていったわけです。それはほんのわずかの間だった。扉を閉めてから、女性ふたりの笑い声を聞いた。だから守屋先輩もいると思った。……でも彼らが見たのは、これです」

宙太がパソコンを操作して映像を戻す。

別のシーンの守屋先輩の姿が、重ね撮りになっていた。宙太の指がコマ送りをして、一方がいっそう鮮明になっていく。

——骨格標本。

「その時間に、沙耶先輩が撮っていたのは骨格標本のほうだ。制服を着て、長い髪のカツラをつけ、後ろ向きに椅子《いす》に座らせていた。ふたりの声は、録音されたものを流していたんだろう。同時録音なのか音の確認かなにかなのかな、そこまではわからないけれど」

沙耶先輩が、宙太をじっと見つめている。

「やがて、屋上で事件が起きる。沙耶先輩はそのことは知らないままだ。風力発電機が壊れ、理科学部員がバタバタと出ていく。しばらくして、地学室に守屋先輩が駆け込んでくる。屋上で酒井先輩に襲われたと言って。多分、守屋先輩は、酒井先輩が落ちたことまで確かめてから地学室に入ったんだと思う。その後の行動を考えると、そっちのほうが自然だから。それからふたりでアリバイを作ることにした。壁の時計の時刻を戻し、それを画面に入れながら映像を撮ろうと計画する。だけど守屋先輩の服は破かれてしまった。そのままでは撮影できない。だから一方はジャージだ。沙耶先輩のほうがジャージを着たのは、プールで濡れたという言い訳のためかな？　それとも自分が襲われたことにしたかった？　はっきり言って、守屋先輩より沙耶先輩のほうがタフそうだし」

「……それ、褒めてるの？　けなしてるの？」

沙耶先輩が鼻で笑った。

「褒めてます。本当に、尊敬してますよ、沙耶先輩。視線のことがなければ切り崩せなかった。だからこそ逆に疑問です。どうして沙耶先輩が、その一点を見逃してしまったのか」

ふう、と沙耶先輩は息をついた。

「見逃した、じゃなくて、聞き逃した、が正しい」

宙太が目を見開いた。

「そうか。そもそも、気づいていなかったんですね」

ふふっと、沙耶先輩が笑った。ぐるりとあたりを見回し、冷たい視線を酒井先輩に投げる。

酒井先輩は硬い表情をして、小さく首を横に振った。いやいやをする子どものように。

沙耶先輩が姿勢を正した。どこか満足げに、唇の端を上げている。

「どこから話せばいいかな。……あの日、瞳から、遅れて行くから先に撮影をはじめていてくれと言われたの。瞳を待ちながらも短い時間でできる作業をしようとして、最初はきみの言うように同録で撮影していたんだけど、邪魔が入ってやめた。それがさっきの下級生。また同様のことがあると嫌だから、私は撮っていたもののチェック作業に入った」

みんなの目が、沙耶先輩に注がれている。

「理科学部の人間が物理室から大騒ぎして移動した、と言われたころ、私はカーテンを閉め切った地学室にいた。耳にはイヤフォンが入り、目はパソコンを凝視し、夢中にもなっていたし、外からの情報は一切入らない状態だった」

　納得するように、毬が、友樹が、響が、ユカリがうなずく。

「やがて瞳がやってきた。ところが真っ青な顔をして震えている。そして言った。酒井くんが屋上から落ちて死んじゃった、どうしようって。それから……、ここにずっといたことにして欲しい、ともね」

「死んだ？」

　宙太が確認する。

「瞳はそう思ったみたい。あの子は屋上から逃げたものの、すぐには下に降りてこずに、階段室のところで会話を聞いていたそうよ。そして『待てよ逃げるな』という声と落ちていく酒井の絶叫を耳にした。そこで死んだと思ったのでしょう。私も瞳の話を鵜呑《うの》みにして、確かめに行かなかった。それよりも、次に起こることがなにか、シミュレーションをするので頭がいっぱいだった。地学室でふたり一緒にいたことにするためには、一刻も早く行動する必要があった」

「情報は、そこでも遮断されたままだったんですね」

　訊《き》いたのは宙太だ。沙耶先輩が苦笑する。

「ええ。視線の件に加え、二重にまずかったようね」

「次に起こることって、なんだと思ったんですか？」

毬が問う。

「犯人捜し。瞳は、屋上で酒井に襲われたこと、誰かわからないけど男子生徒に助けられて逃げたこと、屋上の階段室に隠れていたら話が聞こえてそれが飯田くんだとわかったことを私に告げた。さらにもうふたつ。酒井と飯田くんの会話から、飯田くんは自分が助けた相手が誰なのか気づいていないことと、屋上から地学室までの間に、知っている人とは会わずに済んだことを言った。飯田くんが助けた子の話をするのは確実だろうから、瞳にも名乗り出るよう勧めたけれど、酒井が死んだのは自分のせいじゃないと、怖いと言って泣く。だったらもう、瞳も地学室にいたことにする以外にない」

違うって、とつぶやく声がした。

酒井先輩だ。

けれどみんな、その言葉には取り合わず、話の続きを聞きたがっていた。うながすような目で、沙耶先輩を見ている。

「扉を開けた下級生が来た時刻は、私にはわかってた。そこまでの撮影データがあったからね。私たちがここにいたことを証言してもらえば、それで済むんじゃないか。制服にカツラをつけた骨格標本だけど、瞳自身が、地学室に入ってきた瞬間に誰かいるのかと勘違いをしたぐらいだったから、いけると思った。ただ彼らは、瞳の顔までは見ていない。他の人だったと言われると困るから、彼らが出ていってジャケットからジャージに着替える時間を加味して、その時刻から先の映像を作ってアリバイにすることにした。先生に渡した映像は、二十五分の先ももう少しあった。一方、彼らが来たときに撮っていた映像は、骨格標本だとバレバレだから、消去した」

「ジャージだったのは、屋上でのトラブルのせいですね？」

「問題はジャケットじゃなくてシャツ。ジャケット自体は三着あった。私のものと瞳のものと骨格標本のもの。骨格標本に着せていたのは姉の古い服。七月だから、瞳は夏服のシャツで屋上に行った。そのシャツを破かれた」

「違うって」

もう一度、酒井先輩が言った。

「すみませんが後で伺いますので」

落ち着いた宙太の言葉に、酒井先輩が舌打ちをする。市場が残念そうな表情を隠そうともせず、酒井先輩を見ていた。

「骨格標本はね、一六〇センチだから丈はいいんだけど、肉がないから胴とかがとても細いの。映画を冬服設定にしたのはそのせい。ジャケットは肩があるし布地がしっかりしてるからまだごまかせるけど、シャツはそのまま着せたら張りがなくてだらんと垂れる。綿を詰めて着せるか前身頃だけのはりぼてにするか考えて、はりぼてにした。ジャケットの襟元のVゾーンから覗《のぞ》く前身頃の裏にボール紙を張って、差し入れたってわけ。

でも生身の人間が着て動くとどうやっても不自然になる。そこで私の服を瞳に着せることにした。私がジャージを着たのは、きみの言うとおり。もしも疑われても、私なら言いぬけられる。私と酒井は険悪な状況だったからちょうどいい。瞳と酒井との関わりも、外には知られてなかった」

「だから守屋先輩は、屋上で消えた女子生徒の候補にも上がらなかったんですね」

宙太が念を押すように質問して、沙耶先輩がうなずいた。

「ええ」

「その調査のころには、酒井先輩が亡《な》くなってはいないと、わかっていますよね。それでもそのとき作った映像をアリバイとして先生たちに提出したんですか?」

「屋上で襲われたことは誰にも知られたくないと、瞳は怯《おび》えていた。……酒井、あなただって、そのほうが都合が良かったんじゃない?」

蔑《さげす》むように言って、沙耶先輩が酒井先輩を睨む。

そういえば沙耶先輩は、酒井先輩にずっと敬称をつけていない。

「ほかにもなにか、あったんですか?」

毬が訊ねて、沙耶先輩と酒井先輩を順に見る。

「なにもないよ」

酒井先輩がため息まじりにつぶやく。

「よく言う」

沙耶先輩が唇の端を歪《ゆが》めた。

「沙耶先輩が酒井先輩とバトっていたのは、映研のことだけじゃないんですか？」

斉藤の声がかすれている。ずっと宙太と沙耶先輩の話を聞いていたからだろう。あたしの喉《のど》もからからだ。

「それも、あるにはある」

沙耶先輩が冷たく言う。

「……きみには関係なかったのに。むしろ、きみが口を出したからぐちゃぐちゃになったんだろう」

酒井先輩が沙耶先輩を睨み返す。

「一年経《た》ってもまだしこりがあるみたいですね。当事者の話は食い違うって本当なんだ。僕の得意分野じゃないけれど、だいたいの理由はわかります。酒井先輩と守屋先輩の別れ話がこじれた、そういうことですよね」

宙太が頭を掻《か》く。

ああ、と納得したような声を出したのはユカリだった。響と毬と斉藤が、目を瞠《みは》りながらも小さくうなずく。友樹と映研の残りのふたり、そして市場は、混乱した表情をしていた。

「酒井先輩は落下事故の後、ケータイを番号ごと換えた。それまで持っていたケータイは、落下のときに壊れてしまったからと。だけど番号まで換えなくてもいいはずですよね」

宙太が言う。

「心機一転のため。そう言ったよ」

「ではケータイそのものはどこに？」

「捨てたって言わなかったっけ？」

「僕が落下事故の時間をケータイで確かめましたかと訊ねたとき、こうも言いました。そうかもしれない、ちゃんと覚えてないけどと。でも、壊れたケータイは電源が入りません。時刻なんて確かめられない。実際には見ていないんでしょう？」

酒井先輩の目が泳ぐ。

「待て。いや、何時だったのかとしつこく訊ねるから、流れで返事をしただけだ」

「ケータイは壊したのでも失《な》くしたのでもなく、取られたんじゃないですか？　屋上で、守屋先輩に」

「どういうこと？　宙太」

あたしは首をひねる。宙太がこちらを見てきた。

「最初に水泳部の先輩から聞き込んできたのは紀衣だろ？　水泳部の先輩は、練習が終わってから酒井先輩の落下事故を知り、ケータイに電話をした。最初は繋《つな》がっていたもののの出てくれず、しばらくしたら通じなくなった。壊れたか電源が切れたかしたタイミングと、事故の時刻はずれていたんだ。だから僕はおかしいと思った」

「壊れかけていて、バッテリーの残りがなくなるまでは動いていた。そういうことだってあるじゃないか」

酒井先輩が言う。あたしもそう思って、わずかな時間の差は気にしていなかった。

「往生際《おうじょうぎわ》が悪いのね」

沙耶先輩がため息をついた。

「瞳がいない中で言いたくなかったけど、こいつ、サイテーよ。自分がちやほやされたいばっかりに瞳との交際は内緒にさせて、他の子たちにいい顔してた。瞳が別れたいって言ったら、撮ってあった瞳の裸の写真をばらまくって脅した。瞳はそれを取り返しただけ」

ざわめく声が聞こえた。

酒井先輩の顔がどんどん赤くなっていく。

「僕は、僕は……、本当に瞳のことが好きだった。一番大事だった。他の子たちは、頼られれば応《こた》えるけれど、でも別に、ただの親切心で、好きとかそういうんじゃない」

「なにが大事だったよ。嘘《うそ》つき！」

「きみになにがわかる。きみこそ瞳を僕に取られたと思って、ことあるごとに文句をつけてきて」

「リベンジポルノって知ってる？　新しいケータイで検索してみたら？　あなたがやった行為そのものよ。そんなことになってるって知ってたら、ひとりで屋上に行かせたりしなかった」

「瞳がひとりで来たのはきみの干渉がうるさかったからだ！」

罵《のの》り合うふたりを、うんざりした声で宙太が止めた。

「ケンカは後にしてください」

「ケンカじゃない。きみたちは誤解している」

酒井先輩が言う。

「どこがでしょうか。屋上にいたのは守屋先輩だった。酒井先輩と守屋先輩とのトラブルを見た飯田先輩がボールをぶつけ、それが飛んでいって風力発電機が止まった。守屋先輩は逃げ——途中で留《とど》まって聞いていたわけですが——、酒井先輩は飯田先輩から逃れようとして落下。青くなった守屋先輩は沙耶先輩に相談し、アリバイを作った。この流れで違っているところはありますか？」

宙太の声に、沙耶先輩が被せた。

「トラブルなんて甘い言い方しないでちょうだい。レイプ未遂じゃない」

「違う！　そこが違う」

酒井先輩が叫ぶ。

「僕は瞳に手を出していない。瞳が自分で、自分の服を破った」

え？　とみんなの声が重なった。

宙太も目を丸くしている。

あたしは守屋先輩と会っている。おっとりした雰囲気のひとだった。自分で自分の服を破くなんて、想像もできない。

「たしかに僕は、写真を盾にとって別れたくないと言った。それは認める。瞳との絆《きずな》が切れてしまうことが嫌だったんだ。申し訳ないと……、今は本当に思っているよ。でもあのときは必死だった。写真が僕の手元にあることは、瞳ももちろん知っていた。あの日屋上で、僕は別れたくないと、瞳に思いとどまってほしいと言った。瞳は写真を消すように頼んできた。そして瞳にケータイを取られた。僕が取り返そうと手を伸ばしたとき、襟元のリボンが指に絡《から》まって解《ほど》けた。謝る僕の前で、瞳は自分で服の胸元を引きちぎった。そっちが――僕が脅してくるなら、自分も同じことをすると。無理やり乱暴されたと訴えると。どちらがどちらを道連れにしているのか、僕も瞳も混乱していたんだと思う。そこにやってきたのが飯田だ。瞳はやめてと叫んだ。助けてとも言ったかもしれない。飯田は僕にボールをぶつけ、殴りかかってきた」

「嘘。……そんなこと、瞳は言っていなかった」

沙耶先輩が睨む。

「僕が死んだと勘違いしてたんだろう？　もう誰にもわからないと思ったんだよ」

「……適当なこと言わないで」

消えそうな声の沙耶先輩を最後に、しばらく誰も言葉を発しなかった。

宙太が沈黙を破る。

「酒井先輩は、落ちた後、なにも覚えていないと言いましたよね。あれは、本当だったんですか？」

「記憶が混乱してたのは確かだよ。だんだん思い出してきたのも。そのままわからないですませてしまえればいいと思った。それも本当だ。でも目撃者が出てきて、飯田が女子生徒がいたという話をしはじめて、庇《かば》わなきゃって思った。だから屋上で、彼以外には会っていないと言った」

酒井先輩がぼそぼそと話す。

「僕の怪我《けが》はたいしたことはなかった。でも命が助かったのは、運が良かっただけだ。親は泣くし、友だちは優しくしてくれるし、僕は自分を省みた。瞳を縛ろうとしたことも、ちやほやされて調子に乗っていたことも、いけないと思った。罪滅ぼしをしなきゃいけないと、なにかないかと考えて、生徒会でボランティア活動を推し進めた。ケータイを番号ごと換えた理由を、心機一転だと言ったのは、本当だよ。人間関係も整理した」

　そういえば水泳部の先輩は、新しい電話番号を教えてもらえなかったって言ってたっけ。

「守屋先輩のことも、諦《あきら》めたってことですか？」

　あたしはつい訊ねてしまった。

「嫌われたからね。今でも好きな気持ちには変わりないけど、それを言ってもしょうがない。……本人にも謝った。全部なかったことにしようって」

「私は聞いてない」

　沙耶先輩の声はそっけない。

「じゃあ今度聞いてみなよ」

　酒井先輩の声も冷たい。

「きみだって、今はもう瞳とは親しくないんだろ。瞳は、以前、言ってたよ。情熱の全部を映画に傾けているきみに、ついていけないと感じることがあるって。瞳は映研をやめたよね。僕が事故をきっかけに人間関係を整理したように、瞳も同じことをした」

「それはあなたのせいでしょ！」

「いいかげんにしてください！」

再び言い争いをはじめた沙耶先輩と酒井先輩を、止める声がした。

毬だ。

「なにを勝手なこと言ってるんですか。自分を省みた？　人間関係を整理？　謝って、なかったことにした？　それ、全部、健ちゃんが嘘をついたってことで落ち着いたからでしょう？　守屋先輩を庇わなきゃなんて言って、自分の行動を隠したかっただけじゃない。リベンジポルノで交際相手を縛った、そんなのバレたら大変ですもんね」

「……だけど、僕は、飯田に対する罪滅ぼしの気持ちもあって」

「ふざけないで。健ちゃんがいなくなったのをいいことに、みんなして口をつぐんでおいて。沙耶先輩、あなたもです。あなたがアリバイを偽装する映像を作ったから、全部健ちゃんに押し付けられた。そのうえいけしゃあしゃあと映画にまでして。どういう神経してるんですか」

毬が沙耶先輩を睨みつける。

「そうね。……悪いことをしたと思う。ごめんなさい」

沙耶先輩が頭を下げる。毬が鼻白んだ。

「わたし、今、どうして映画にまでしたのかと聞いたつもりなんですが。よっぽど自分の仕掛けに自信があったんですか？」

沙耶先輩がしばし考え込む。

「残さなきゃって、思っただけ。あのとき瞳は、酒井が本当に死んだと思っていた。笑顔で演技してって言ったけど、喪失の悲しみが目に宿ってた。友人を失ったのは、死んでいく人間のほうも同じ。そんな表情がよく表れていた。二度と作れない表情だった。だから使った」

呆気《あっけ》にとられたように、毬が口を半開きにする。

「それ、守屋先輩も了解したんですか？」

あたしはつい前のめりになった。

「編集段階ではもう部をやめていたから、訊いていない」

肩をすくめる沙耶先輩に、あたしも呆《あき》れていた。

「私、私が……、絢子先生から受け取りました。『Spend time together』のＤＶＤを。絢子先生は褒めてました。切なくて心が苦しくなるような、いい作品だって」

ユカリが口を挟んでくる。

「それは嬉《うれ》しいな」

沙耶先輩がユカリを見て、会心の笑みを浮かべる。

「それからこうも言ってました。沙耶先輩は前しか見ていないと」

あははは、と沙耶先輩が声高く笑う。と、自分の笑い声に気づいて頭を下げる。

「ごめんなさい。このシチュエーションで不謹慎だった」

ふう、と息をつき、それじゃあ、と続ける。

「先生を呼んできて、今の話をもう一度繰り返しましょうか？」

さばさばとした表情で、沙耶先輩が周囲を見回した。

宙太が手を上げる。

「もうひとつだけ、報告と質問があります。映研の部室からＤＶＤを盗んだ犯人が捕まったと、赤池《あかいけ》先生が言っていたそうです。心当たりのある人はいますか？」

「心当たりってどういうこと？　捕まった犯人を知ってるかってこと？」

響が質問する。

斉藤が話を引き取った。

「赤池から聞いたのは僕だ。犯人は、夏休み期間に校内に入っていた水道工事業者のアルバイトで、別の窃盗事件で逮捕されたらしい。そいつは企業や学校などから、現金やネットオークションで転売できそうな品物を、目立たないように少量だけ盗んでいたそうだ。その雑多な押収品《おうしゅうひん》の中にうちのＤＶＤがあって、表に貼《は》ったラベルシールは剥《は》がされてたんだけど、中のブックレットにメモが残っていて、警察から学校へ問い合わせがきたんだ。けど、沙耶先輩の『Spend time together』のことは知らないって言う。そんなの盗んでもお金にならないって」

「失礼ね」

沙耶先輩が睨《にら》んできて、斉藤が身をすくめる。

「市販のＤＶＤを盗んだその犯人と、『Spend time together』を盗んだ犯人は違うってことですよ。盗んだのはあの映画に興味がある人間か、注目されたくない人間か、どちらかだ。沙耶先輩、どうですか？　手元に、映研の部室の鍵《かぎ》のコピーがまだあるんじゃないですか？」

宙太が問う。

「ますます失礼ね。ＤＶＤは私が引退にあたって映研に寄贈したものよ。今さら盗んでどうするの」

「酒井先輩、生徒会の人間なら鍵を持ち出せますか？」

「よせよ。言ったろ。僕はその映画をまったく見ていなかったって」

突然、沙耶先輩が高い声で笑った。酒井先輩が不快そうに目を向ける。

「失礼。鍵のコピーならもうひとつある。そういえば返してもらい損ねたな」

沙耶先輩が言った。この場にいないひとり、ということか。

「なるほどね。『Spend time together』のＤＶＤを見たという話を守屋先輩にしたときに、もっと彼女を追及するべきだったかな」

宙太がつぶやいた。

再び沈黙が落ちる。

本当に守屋先輩が持っていったんだろうか。自分の姿が残っているのが嫌だったんだろうか。アリバイ工作がばれると思ったんだろうか。

今の守屋先輩と、映画の中の守屋先輩は、印象が違う。

おとなしい、もっとはっきり言えば暗い雰囲気があるのは、受験のせいだと思っていた。だけど一年前のことが、まだ尾を引いているのかもしれない。

「……ちょっと待って。今の、どういうことですか。部室の鍵があっちにもこっちにも。ゆゆしき問題じゃない！　ちゃんと返してください」

静けさを破るように、市場が突然言った。

友樹が噴き出して、睨まれていた。

3　ユカリ

その後、私たちは先生に報告をした。

一年生の担任の先生たちももちろん驚いていたが、話を聞いた映研の顧問にして三年生の進路指導担当の赤池先生などは、魂をどこかに置き忘れたようになっていた。

富永《とみなが》は、ずっと私のことを見ていた。私は富永に自慢したい気分だった。みんなで謎《なぞ》を解いたんだよ、って。

「三年生は受験だから、ひっかき回さないように。僕はそう言ったはずだ。とんでもないものをひっぱりだしたね。これからものすごく大変なことになる」

職員室を出ていく私に、富永が声をかけてくる。

え？　富永は、私のこと信じてくれていたんじゃないの？

「けど、先生たちが去年、無理やり蓋《ふた》をしてしまったのが原因じゃないですか。屋上にいた女子生徒が守屋先輩だとちゃんと突き止めていれば、話も大きくならなかったはずでしょう？」

「……土門《つちかど》さんは正義感が強いね」

富永が静かに言った。

なにそれ。私たちは市場みたいに、正論を振りかざしたわけじゃない。疑われたから真実を突きとめようとした。

本当のことを知りたかった。それだけなのに。

もやもやとした気持ちのまま、数日が過ぎた。

毬や、酒井先輩たち三人、そしてときどきは映研部員や私たちといった関係者が、生徒指導室や職員室に呼ばれて聞き取りを受けた。守屋先輩は自分から服を破ったことも、映研の部室から『Spend time together』のＤＶＤを持ち出したことも、一切を認めていないという。

誰が話したのかはわからないけれど、骨格標本落下事件が毬による偽装だったことも、一年前の落下事故の真相や偽アリバイ映像の話も、噂《うわさ》となって広まっていた。

噂の中には、誰かが退学になるのではないかというものもあった。

骨格標本を落としたふりをした毬？

――でも彼女は飯田先輩の名誉を回復しようとしたのだ。

偽アリバイ映像を作った沙耶先輩？

――でも彼女は友人に頼みこまれたのだ。

リベンジポルノという手段で元恋人を脅した酒井先輩？

――でも彼はその後心を入れ替えて、生徒会のために尽くした。

名乗り出ることなく逃げた守屋先輩？

――でも彼女は怖かったのだ。行動に甘さや隙《すき》があったとはいえ、被害者だ。

誰もが少しずつ嘘をついていた。誰もがそのついた嘘に理由があった。嘘も理由も含めて、みんなが侃々諤々《かんかんがくがく》と、意見という名の噂を散らしている。

浮足立った落ち着かない時間がさらに過ぎて、その間に三年生はセンター試験の校内出願締め切りがあり、模試もあった。

やがて処分が発表された。篠島毬、久遠寺沙耶、酒井博史《ひろし》、守屋瞳、それぞれ三日間の停学に処す、と。

「これで終わり？　それだけか？」

放課後、友樹が興奮しながら喋《しゃべ》りかけてくる。

「よかったんじゃない？　あまり大きなことにならなくて。これで噂みたいに誰かが退学なんてことになったら、後味が悪いよ」

響が眉尻《まゆじり》を下げてうなずく。

「うまくまとめたってところかな。こんな時期に三年生をやめさせるなんてあんまりだし。告発者の毬ちゃんを放り出すのはおかしいし」

私もそう答えた。いつもならチャイムとともに図書室を目指すけれど、ここのところ足が遠のいている。紀衣はもう部活に行ってしまっていて、いない。

「けど悔しがってるだろうなあ、毬ちゃんは。なんで連中と同じ処分になるんだ？　飯田先輩はやめさせられたのに」

「やめさせられたわけじゃなくて転校、っていうか、海外赴任についてったんだし」

私は友樹に答える。

と、突然、私たちの前にボードに挟まれた紙が突き出された。

見上げると、市場が睨んでいる。

「これ、鷹端《たかばた》くんたちのしわざ？」

「なんだよ。相変わらず唐突なヤツだな」

受け取った友樹の手元を見ると、幾人かの名前が連ねられていた。

「篠島さんの処分取り消しを求める署名。首謀者じゃないの？」

「オレが？　ユカリが？　響？」

響が首を横に振っている。私も知らない。

「違うんだ。映研かな。それともただのファン？　彼女は人気があるからね」

「人気？」

「闘うヒロイン的ななにか。よくわからないけど」

市場が呆れたような声を出す。

「もしかして、酒井先輩にもある？　酒井先輩も、女子生徒の人気が高かったでしょう」

私が訊ねると、市場が太い眉をひそめた。

「女子からの人気は急降下。仕方ないね、やったことがやったことだから。それでも前生徒会役員を中心として、署名を集めようって声はあった。酒井先輩の功績は認めてあげてほしい。会長を立てながら生徒会を引っ張って、新しい活動に取り組んで、本当にがんばってたんだ。……ってね。逆効果になると思ってやらなかったけれど」

「理子《りこ》は、どう思うの？」

　響が問いかけた。市場が苦笑する。

「立派だけど、土台がダメ。飯田先輩に謝っていない」

「……すごくよくわかるよ、市場」

　そう？　と市場が自慢そうに眉を上げる。友樹がどういう意味で言ってるのかわかってるのかな。市場らしい答えだって言っているんだけど。

「でも私が一番ダメだと思ってるのは守屋先輩。彼女は自分の罪を認めてもいない。映研にあった『Spend time together』のＤＶＤ、あれ盗んだの、守屋先輩なんでしょう？」

「それ、証拠はないよ」

　私も彼女のしわざだと思っているけれど、市場の言い切るようすが嫌で、反論した。

「他にはいなそうじゃない？　なのに学校はそれ以上追及せず、処分を決めた。学校にも少々失望ね。服を破いたとか破かなかったとかの話も嫌。女を武器にするの、いやらしいじゃない。違う？」

　まあそれはね、とうなずいた。

　満足げに市場が続ける。

「だけどそれだけに守屋先輩には誰も同情していない。推薦入試も流れたって聞いた。

酒井先輩と沙耶先輩は実力で受験を突破するだろうけど、守屋先輩はどうなることか。飯田先輩が聞いたら、溜飲《りゅういん》も下がるんじゃない？」

私は響と顔を見合わせた。

「ちょっと、意地悪だよ。……理子」

響がつぶやく。

「私が推薦入試を流したわけじゃないよ。決めたのは先生だし、そうなったのはあなたたちが暗躍したからでしょう？」

私たち？　私たちのせいなの？

市場がバツの悪そうな顔をして、背を向けた。


守屋先輩のようすを見にいこうにも、停学中だから学校にはいない。ようすを見る、か。見てどうするっていうんだろう、私。かける言葉なんてない。野次馬気分じゃ失礼だし。

ケータイで繋がっているのは、毬だけだ。だけど毬も返事を戻さない。

そのまま三日が経った。

停学が解けても、守屋先輩は登校してこなかったようだ。昇降口にある下駄箱の中味が、上履きのままだった。

なにをどうしていいかわからずに三年生の領域である一階をうろうろしていると、声を掛けられた。

「まだなにか用？」

沙耶先輩だった。

つんと顎《あご》を上げた、そっけない言い方。声の調子も顔色も、今までとまったく変わっていない。

「い、いえなにも。たまたま、近くに。……お元気でしょうか」

「元気よ。とても元気。休みの間に受験勉強が進んでよかったぐらい」

皮肉そうに、沙耶先輩は片頬を上げて笑う。

「……すみません」

沙耶先輩が顔を近づけてきた。

「あなたが謝る必要はない。私は自分の取った行動を後悔していない。あのときはそうするのがベストだと思ったからそうしただけ。ただ、飯田くんには悪いことをしたと思っている。だからこの結果にも、満足している。自分でぶちこわすことはできなかったし、これでよかったのよ」

「そう……ですか。あの、もしかして」

私は言葉を止めた。考えすぎかなと思ったのだ。でも今聞かなきゃ、ずっと聞けない。

「もしかして、全部ぶっちゃけたいと思ったんですか？　屋上に守屋先輩がいたことも、アリバイを偽装したことも。だから映画に残して、公開したんですか？」

「映像の出来がよかったから、それだけよ。この間も言ったでしょう？」

「でも、去年あったというバザー会だけじゃなく、この間の文化祭でも上映したじゃないですか。人の目に触れれば、それだけばれるリスクも高くなるのに」

「一回きりなんてつまらないじゃない。あんなに素敵な映画なのに」

沙耶先輩が笑顔になる。冷たくも嘲《あざけ》ってもいない、綺麗《きれい》な笑顔だ。

「それは、はい。とても良かったです。ふたりで廊下をだーっと駆けていくところとか、教室での語らいとか、地学室ももちろんだし、自転車のふたり乗りも」

「あれは苦労したのよ。瞳を後ろに乗せてるけど、でも本当は乗っていないわけでしょう？　重くないようなふりで漕《こ》がなきゃいけない」

「やっぱりそこまで凝ってたんですね。最初と最後と、両方にふたり乗りのシーンがありますよね。後のほうは軽やかなようすで乗ってるから、わざとなのか慣れたのかどっちかなって思って」

「慣れないよ！　頭から撮ってるわけじゃないし。骨格標本を自転車から落とすところも大変だった。何度も撮り直した」

「プールもじゃないですか？　どうやって撮ったんだろうって思いました」

「あれはねー、……いやだ、なにを話してるんだろう、私ったら。ともかく、いい映画だから多くの人に見せたかった。それだけ」

照れたように唇を緩めたのは一瞬で、沙耶先輩はまたとりすました顔になる。

「……私、あなたにひとつ嘘をついた。『Spend time together』のＤＶＤは手元に持っている。映研が渡したものをなくしたと聞いたから、腹が立っていて渡さなかっただけ」

「え、それじゃ……」

呆れたけど、納得もした。自分の作ったものを持っていないなんて、やっぱりあり得ない。意地悪で言ってるのかもしれないと思ったのは、当たってたんだ。

「映研に……コピーをください。多分斉藤くん、そう言うと思います。絢子先生から借りてるＤＶＤを返します」

「要らないわよ、姉だって」

「そんなことないですよ！　ホント、いい映画だって言ってたし」

「ああ、そういえば姉からあなたのメールアドレスを聞かれたんだけど、知らないって返しておいた」

「ええっ！　ひ、ひどいです」

「だって本当に知らないんだもの」

「教えます！　伝えてください！　ケータイ、ケータイを」

「面倒くさいなあ」

そう言いながらも沙耶先輩はケータイを出して、私のアドレスを登録してくれた。絢子先生はどうなさってますか？　次回作は順調ですか？　そんな私の問いに、さあ、自分で訊いたら、と返しながら。

そして真剣な口調になって、言った。

「さっきの話ね、『Spend time together』。通過点だと言ったのは本当。もっとも人生は、どこであれ通過点かもしれないけれど」

大学も通過点だろうか？

でも通過しなければ、進めない道もある。

「あの、……守屋先輩とはほとんど話をしていないって聞きました。本当に？」

「ええ。話題もないし」

「映画の中のふたりは、とても仲が良かったのに」

「仕方のないことでしょう。人間は前に進むものだし、進む方向が違えば離れていく。あれはあのときにしかない時間。だから通過点。今の私は別のものを撮るし、明日の私は今日思いつかないものを撮る」

沙耶先輩がきっぱりと言った。

「そろそろ失礼。補習だから」

ありがとうございますと答えて、私は昇降口に向かった。

そのまま帰ろうとしたけれど、ケータイが私を引きとめた。友樹からのメッセージが届いている。

――朗報。毬ちゃんが飯田先輩を諦めた。ヤツはアメリカで金髪の恋人を作ったらしい。それはそれで羨《うらや》ましい気はするが、おかげで毬ちゃんは大激怒。わたしの苦労を無にして、と泣いていた。いやオレの前で泣いたわけじゃないけれどな。毬ちゃんがヤツに今回のことを報告したら、へー、って反応だったらしい。消えた女子生徒が見つかった話にも、ふーん、だってさ。そりゃ、毬ちゃんもがっかりするよな！　というわけで、大大大チャンス到来！　期待に応えるぜ！

最後にハートマークがうるさいぐらいについていた。お気楽な友樹が羨ましい。

ため息をついて下駄箱から靴を出し、ふと思い立って酒井先輩が落ちた中庭に向かった。

先客がいる。宙太だ。

私を見て、宙太がにっこりと笑い、渡り廊下の屋上を見上げる。

「今さらだけど、酒井先輩、よく助かったよな。いいところに植栽があって、ちょうど芝生の手入れもサボってて草が伸びてたころかもしれない。強い運を持ってる人間っているんだろうな。酒井先輩はきっとそのひとりだ」

「……その運を、私たち、奪ったんじゃないかな」

どういうこと？　という問いかけに、私はそれまでの話を伝えた。

「酒井先輩が株を下げたのは仕方がないんじゃないかな。それだけのことをしたんだし。でも沙耶先輩と同じように、停学中もがっちり勉強してたんじゃない？」

「じゃあ守屋先輩は？　推薦はダメになったって聞くし、学校にも来てないし」

「行きたい大学があるなら勉強して入るんじゃない？」

「そんなに強い人じゃないかもしれない。強い人なら一年前に、ちゃんと名乗り出てたよ」

「だからって彼女が招いたことだ。僕らにはどうしようもないよ。自分が強くなることはできても、他人を強くすることはできないよ、ユカリ」

宙太が諭すように言う。

「そうだけど……。私、富永に言われたんだ。とんでもないものをひっぱりだしたって。なにそのことなかれ主義、って思って怒ってたんだけど、今になってわかった。こうなるかもしれないって気遣ってたんだ」

「先生たちは同じ気遣いを、飯田先輩にも向けるべきだったとは思わない？」

「それは……、うん。でもせめて私たち、受験が終わるまで待つべきだったのかな」

宙太は首を横に振る。

「時間は戻らないよ。毬ちゃんは行動を起こした。暴走だったとは思うけど、待っていたら彼女が処分の対象になる。ユカリたちだって巻き込まれてたし、火の粉を振り払うしかない。そのためには、真犯人を見つけて疑いを解かなきゃいけない。それがベストにして唯一《ゆいいつ》の方法だ」

そうだね。まえにも聞いた。でも私たち、その先のことまで考えたかな。

「宙太は怖くないの？　たとえばだけど、もしも守屋先輩がこのまま学校に来なかったらとか、……自殺したらとか。そんな風に思うと、私、不安だよ」

宙太が考え込む。

「ひとつ、もしかしたらと思ったことがある。飯田先輩は最後の最後まで、消えた女子生徒が誰だったか気づかなかったんだろうか」

「え？」

「服を破いたのは彼女の芝居だった。酒井先輩の話を信じるとすれば、だけどね。でもそのことを、飯田先輩は知らない。女子生徒が襲われた、と思っている。酒井先輩との諍《いさか》いの原因を問われてつい口に出してしまったけれど、噂の渦中《かちゅう》に立たされ責められている自分の状況を見て、同じ立場にその子を置いてもだいじょうぶだろうかと、考えたことはないだろうか。その子が守屋先輩だと知っていたかどうかはわからないけど。ただ、女子にレイプ被害の噂が立てられたらまずいのではないか、そんな気持ちが生まれても、彼ならば不思議はないと思った。毬ちゃんや、友樹が訊いてきた中学の同級生の話からだけどね」

「だけど、学校までやめたんだよ」

「風高に残るか、海外に行くかって話だよね。絶対に残ると決めていたわけじゃないだろう？　迷っていて、それが最後のひと押しだったのかもしれない。残ると決めていたというのは、あくまで毬ちゃんから聞いた話だ。彼女の願望が交じってのことかもしれない。そちらも僕らにはもうわからない。だけどひとつだけ確実にわかっているのは、学校が、あとは警察に頼るほかないとなったときに、引き下がったこと。警察が入れば、女子生徒は見つかる可能性が高くなる。ただしことが大きくなって、その子がより傷つく」

消えた女子生徒が見つかったという毬の連絡に、ふーんという反応しか返ってこなかった理由……。

「……想像だけどね」

足元から芝生をちぎり、宙太は私に笑いかけた。

「僕らは守屋先輩の未来を変えたのかもしれない。ただそれが良いほうへか、悪いほうへかはわからないよ。でも少なくとも、守屋先輩も強い運を持ってる」

「強い運？　酒井先輩ならわかるけど」

「酒井先輩が死んでいたり大怪我をしていたら、即座に警察が来たよ。なにからなにまで調べられるんじゃない？　恋愛沙汰《ざた》を罪に問うことはないだろうけど、本当に死なれたらかなりのショックだ」

私の顔を覗きこんだあと、宙太が空を見上げる。高く、青い空。つられて見上げた頭の上、玉のような細かな雲が遠くへといくつも連なっていく。

「後味が悪い気持ちは、わかるけどね」

そうやって納得するしかないんだろうか。上へ上へと色を失くしていく雲のように、後悔もやがて融《と》けていくだろうか。

ふと宙太がポケットを確かめ、ケータイを取り出した。

「なんか来てるね。メッセージ」

「友樹からのでしょう？　読んだよ」

「その後も続いてるみたいだ。響ちゃんからも紀衣からも。ほら」

——響です。頑張ってね、友樹くん。そういえば毬ちゃんから映研に誘われたけれど、どうする？

——なんだよそれ。オレ、聞いてねえよ。

——紀衣です。映研には迷惑をかけたし、やってみたら面白かったから参加してみるって毬ちゃんからメッセがきたよ。必要人数が五人だから、あとひとり、響ちゃんにダメだって断られたら名前だけでも貸してくれないかってあった。友樹は聞いてないの？あはは。それって、ぜんぜん脈がないってことじゃない（笑）

グループが作られているから、私のケータイにも同じものが届いているはずだ。

「ユカリは聞いてたのか？　映研のこと」

宙太が訊《たず》ねてくる。

「待って、見てみる。……ああ、友樹のメッセージが来たあとぐらいの時間に来てる。紀衣が書いている内容と同じ」

「僕には来ていないよ。じゃあ女子だけに訊《き》いたんだろう。フォローしておいてやるか」

宙太が友樹へのメッセージを書いていていたら、先に友樹から届いた。

――毬ちゃんに直接当たってみた。過去は忘れてオレと新たな一歩を踏み出しませんかって。返事はごめんなさいだ。オレより宙太のほうが好みだそうだ。身長はともかく、顔はオレのほうがいいのに。おい、宙太。どこにいる？　殴りに行くから待ってろ。

「どうして僕が殴られるんだよ」

「さあ。中庭にいるって返事していい？」

「ひどいなあ。やだよ、逃げるが勝ちだ」

冗談のつもりだったが、宙太は本当に行ってしまった。

私はそのまましばらく中庭にいた。太陽がゆっくりと傾いて、中庭の影がずれていった。肌寒い風が吹く。

エピローグ

翌週の昼休み、いつものように渡り廊下を図書室へと向かっていると、待望のメールが届いた。絢子《あやこ》先生からのものだ。

まず最初に沙耶《さや》先輩のことを謝っていて、やっぱり彼女はお姉さんだと思った。

それから小説の話。好きな作品のこと、敬愛する作家のこと。短い文章だけど、同じ地平の上に立っていることを実感する。

ううん、全然まだ遠い。でもそこまで歩いていきたい。障害はたくさんあるだろうけど、道は続いていると思いたい。

最後にもう一度、沙耶先輩のことを謝って、毬《まり》やアメリカにいる飯田《いいだ》先輩や、酒井《さかい》先輩や守屋《もりや》先輩のことまで気にしていた。

同じ朝私は、昇降口にある守屋先輩の下駄箱に、靴が入っているのを見つけていた。中庭から一階にある彼女の教室を窓越しに覗《のぞ》いてみたら、守屋先輩は誰かと話をしていて、それほど孤立しているといった風でもなかった。

　このまま学校に来なかったらとか、自殺したらとかって宙太《そらた》に言ったけど、想像しすぎちゃったかもしれない。

　私はほっと胸をなでおろす。

　それでもまだ、これでよかったんだろうかという気持ちは、拭《ぬぐ》い去れないでいる。私たちのやったことは正しかったのか、正しくなかったのか。そんな単純には判断できないけれど。

　読書会のことを思い出した。

　答えを示さないリドル・ストーリー。もしかしたら十年後には別の答えを選んでいるんじゃないかという、私の問い。

　そして絢子先生の、いや久遠寺《くおんじ》綺《あや》の言葉。

「答えの出ないものって、人生ではたくさんあるの。その岐路に立たされたときどきによって、選ぶ答えが違うこともあります」

　答えは出ない。もしかしたら、今、無理に出してはいけないのかもしれない。私たちはきっとまた、同じ岐路に立たされるだろう。

　十年後じゃない。そう遠くない未来。そのとき私は、宙太は、みんなは、考える。ベストの選択ができるように。

渡り廊下の窓から、空が見える。
青い中に、透きとおるような薄い雲が流れていく。

本書は新潮文庫のために書き下ろされた。

里見蘭著

さよなら、ベイビー

謎の赤ん坊を連れてきた父親が突然死。ひきこもり青年と赤ん坊の二人暮らしを待ち受ける「真相」とは。急転直下青春ミステリー！

里見蘭著

大神兄弟探偵社

気に入った仕事のみ、高額報酬で引き受けます――頭脳×人脈×技×体力で、悪党どもをとことん追いつめる、超弩級ミッション！

里見蘭著

暗殺者ソラ
―大神兄弟探偵社―

悪党と戦うのは正義のためではない。気に入った仕事のみ高額報酬で引き受ける、「自己満足探偵」4人組が挑む超弩級ミッション！

篠原美季著

よろず一夜のミステリー
―水の記憶―

不思議議系サイトに投稿された「呪い水」の怪現象は、ついに事件に発展。個性派揃いのチーム「よろいち」が挑む青春〈怪〉ミステリー開幕。

篠原美季著

迷宮庭園
―華術師　宮籠彩人の謎解き―

宮籠彩人は、花の精と意思疎通できる能力を持つ。彼が広大な庭から選ぶ花は、その人の運命を何処へ導くのか。鎌倉奇譚帖開幕！

篠原美季著

雪月花の葬送
―華術師　宮籠彩人の謎解き―

しんしんと雪が降る日、少女が忽然と消えた。事故？誘拐？神隠し？　警察には解明できない謎に「華術師」が挑む新感覚ミステリー！

雪乃紗衣著　**レアリアⅠ**

長年争う帝国と王朝。休戦派の魔女家の少女は帝都へ行く。破滅の〝黒い羊〟を追って――。世代を超え運命に挑む、大河小説第一弾。

河野　裕著　**いなくなれ、群青**

11月19日午前6時42分、僕は彼女に再会した。あるはずのない出会いが平坦な高校生活を一変させる。心を穿つ新時代の青春ミステリ。

知念実希人著　**天久鷹央の推理カルテ**

お前の病気《ナゾ》、私が診断してやろう――。河童、人魂、処女受胎。そんな事件に隠された〝病〟とは？　新感覚メディカル・ミステリー。

知念実希人著　**天久鷹央の推理カルテⅡ**
―ファントムの病棟―

毒入り飲料殺人。病棟の吸血鬼。舞い降りる天使。事件の〝犯人〟は、あの〝病気〟……？新感覚メディカル・ミステリー第2弾。

七尾与史著　**バリ3探偵圏内ちゃん**

圏外では生きていけない。人との会話はすべてチャット……。ネット依存の引きこもり女子、圏内ちゃんが連続怪奇殺人の謎に挑む！

秋田禎信著　**ひとつ火の粉の雪の中**

鬼と修羅の運命を辿る、鮮烈なファンタジー。若き天才が十代で描いた著者の原点となる幻のデビュー作。特別書き下ろし掌編を収録。

イラスト　鳥羽　雨
デザイン　川谷康久（川谷デザイン）

君《きみ》と過《す》ごした嘘《うそ》つきの秋《あき》

新潮文庫　み－54－2

平成二十七年七月一日発行

著者　水《みず》生《き》大《ひろ》海《み》
発行者　佐藤隆信
発行所　株式会社新潮社

郵便番号　一六二—八七一一
東京都新宿区矢来町七一
電話　編集部（〇三）三二六六—五四四〇
　　　読者係（〇三）三二六六—五一一一
http://www.shinchosha.co.jp

価格はカバーに表示してあります。

乱丁・落丁本は、ご面倒ですが小社読者係宛ご送付ください。送料小社負担にてお取替えいたします。

印刷・錦明印刷株式会社　製本・錦明印刷株式会社

ISBN978-4-10-180037-0 C0193